Yūta & Tatsuya
「明日晴れても」

「よ、おめでとさん」

「ああ……」

明るく達也は手を挙げたが、勇太も昂が気になるのか初対面にも拘わらず二人は無言で睨み合っている。根元が黒いが勇太の髪は見事な金髪で、二人が向き合うとまるで御祝儀袋だと一人達也はどうでもいいことを考えていた。

（「明日晴れても」P.66より）

Chara

明日晴れても

毎日晴天！10

菅野　彰

キャラ文庫

この作品はフィクションです。
実在の人物・団体・事件などにはいっさい関係ありません。

目次

明日晴れても……5
夏雲……161
あとがき……240

口絵・本文イラスト／二宮悦巳

明日晴れても

世の中には様々な最悪のクリスマスがあるのだろうが、その日は佐藤達也《さとうたつや》にとってこれ以上ないぐらい最悪のクリスマス・イブだった。

まずあまりに気の早い初雪の降るコンビニの前で、突然車が動かなくなった。

十八になってすぐの夏に免許を取った達也は実のところ、学校ではまだ運転も免許取得も許されていない高校三年生だ。

「くそ……っ、このボロ車」

そんな身分でボロでも車に乗っているのがそもそもどうかしている。

だが達也は既に就職の決まっている車の修理工場に、人手が足りないから来てくれと無茶を言われて秋から通い始めていて、その職場で知り合った恋人清子《せいこ》が不意に、こんな仕事なのだから車ぐらい持っていなければと似合わない駄々を捏《こ》ね始めたのだ。

正直、達也は車を買う金もなければ置く場所もなかったのだが長引く清子のわがままに押し切られて、先輩の工員から五万をローンにしてもらってこの車を買った。

ただでいいと言ってくれた先輩に無理に五万と言ったのは達也だったのだが、先輩がすまながった意味がここにきてようやく達也にもわかった。

ＪＡＦを呼ぶしかないか、とふと窓を見上げると、昨日で車検が切れていたのだ。

「時限装置でもついてんのかよ……」

家賃と変わらないような金額の駐車場代も払えやしないので、路駐させているこの車には既に駐車違反のステッカーが三重に括《くく》り付けられている。放置する訳にも行かないし、ＪＡＦに来てもらうのも躊躇《ためら》う。何かの弾みで学校に知られてこの時期に停学にでもなればただでさえ危うい卒業はパーだ。

「えれーついてねえな、マジで」

修理工の仲間に来てもらえばいいではないかと人は言うだろうが、さらには今日は工場は休みだった。しかも清子は実は工場長の娘なので、電話をすれば否応《いやおう》無く清子が出る。

そのうえついてないことに達也は、半月清子に口をきいてもらっていない。

何故なら半月前、達也は清子との約束をすっぽかした。

理由はどうしても出なければ卒業できない授業があるのを思い出したものの携帯の充電が切れていて、番号は全て携帯に入っているし学校にいるしでどうにもならなかったからなのだが、口に出すとそれは嘘《うそ》の言い訳以外のなにものにも聞こえないから不思議だった。

「今夜世界中の携帯が使えなくなりゃいいんだ……そうすりゃ俺が嘘ついた訳じゃねえこともわかるだろ」

そもそも清子は、今月の頭に達也が言われるままにこの車を買った辺りから何故か機嫌が悪く、すっぽかしをきっかけに口をきかなくなった。仲直りをしなくては、と思いながら達也も切り出すのが億劫《おっくう》で、毎日職場で顔を合わせながらもずるずると半月が過ぎた。

半月振りの電話が、車が動かなくなったなんとかしてくれでは情けなさ過ぎる。と、いうより清子の性格からいくと大爆発だ。だが車検が切れている以上他人には頼めない。いっそこのまま捨てて帰りたいがここはコンビニ前の公道だ。

エンジンの掛からない車内は雪のせいかどんどん冷えて、トレーナー一枚で気軽にコンビニに来てしまった達也は耐え難く寒くなって来た。

「もう死にてえ、俺」

こんなことぐらいで死にたくならなくてもいいだろうと達也は自分に突っ込んだが、よく考えても本当に最悪についていない。

いっそ本当に車を捨てようか、と達也が思った瞬間、不意に車の窓が二度叩《たた》かれた。

ハンドルに埋めていた顔を上げると、そこには人相風体の非常に悪い若い男が立っている。

「……あんた、さっきから何してんの」

何事かと見上げた達也に舌打ちをして、車の屋根に手を掛けて男は身を屈《かが》めた。アッシュカラーの髪にピアスとサングラス、胸元に燻《いぶ》し銀のネックレスをつけ革ジャンという格好は周りにいないタイプだが、柄の悪さに関しては非常に似た男を達也は知っている。

「も、もしかして邪魔だった？　車」

無駄に喧嘩《けんか》をしない主義を貫くこと四年になる達也は、引き攣《つ》った笑みを男に向けた。

「そうじゃなくてさ」

嚙《か》んでいた煙草《たばこ》を、言いながら男が道路に吐き捨てる。

「一人で悶絶《もんぜつ》してっからさ……見てたんだけど、車動かねんだろ」

「……そうだけど」

「ちっと貸してみな」

肘《ひじ》で窓を弾かれ、割られるのではないかと思いながら達也は抗《あらが》いようもなく車のドアを開けた。

男は無言で達也の肘を引いて車から降ろすと、運転席に座った。さっきからうんともすんとも言わなかった車のキーに、指輪だらけの男の手が掛かる。

「ちょっと……」

乱暴にハンドルを回しながら、男はキーを回した。

何度目か車のエンジンが鈍い音を聞かせて、アクセルが踏み込まれ排気音が上がる。

「……ハンドルロックしてただけなんだよ。動いてなかっただろ？　ハンドル。んなこともわかんねえで車乗ってんじゃねえよ」

悪態をつきながら男は車から降りた。

そんな簡単なことに気づかず死のうとまで考えた達也は、取《と》り敢《あ》えず自分が車の修理工見習いだということは言わずにおこうと恥じた。

「サンキュ。雪降って来たし、マジで助かったよ」

礼を言いながら達也は、自分より少し小柄な男をつい上から下まで眺めた。どう見ても彼は渋谷《しぶや》の路地裏辺りで親父を蹴《け》り倒したりしているのが似合いで、こんな町で親切を戯れに振舞ってくれるようには見えない。

「あのさ、あんた金持ってる？」

人は見かけに寄らない、と達也が胸に呟《つぶや》きかけた瞬間、男は雪の積もり始めた車体の屋根にまた肘を掛けて、見かけを決して裏切らないことを言った。

「ええとそりゃ……」

どういう意味だと間抜けな問いを投げそうになって、達也が一歩後ずさる。

油断した。ここは千住《せんじゅ》の外れの再開発地区、大きな団地の近くなので、まさかクリスマス・イブにカツアゲをする男が現れるとはさすがの達也も想像の範疇《はんちゅう》外だった。

しかし一見なりはおとなしいが、達也とて中学時代はおかしな異名を貰《もら》えるほど暴れた身だ。初恋の幼なじみに巻き添えで怪我《けが》をさせた中三の夏休みからぱったり喧嘩はしていないが、刃物と飛び道具さえ出なければ自分より嵩《かさ》の小さい男に負ける気はしない。

「しかし最近のわけえのは何すっかわかんねえしな。……それよりまだ使えんのか、これ」

自分も齢《よわい》十八なのにそんなことを言って、達也はじっと拳《こぶし》を見た。ただでさえ財政難の中、あっさり財布を渡す訳には行かない。

「勘違いすんなよ。カツアゲじゃねえからエンジン掛けてやったんだろうが」

ならば強請《ゆすり》か、というようなことを言って男は眉間《みけん》に皺《しわ》を寄せた。

「テレカでいいんだよ」

「は？」

「携帯のバッテリー切れちまってさ、金持ってなくて。たまたま」

説明するのがだるいのか、苛々《いらいら》と言って男がアスファルトを蹴る。

「コレと揉《も》めちまって、タクシーで逃げられて。この辺までバイクでおっかけて来たんだけど見失ってよ。……ったく何処《どこ》だよここ、なんなんだよ一体」

小指を立てて男は、うさん臭そうに辺りを見回した。見ると雪で限界を迎えたのだろうバイクが道端に乗り捨ててある。

何処から来たのか知らないが、他所《よそ》から突然ここに来たのならさぞかし戸惑《とまど》うだろうと達也もしみじみ思った。

この再開発地区は川辺に突然広大な団地が広がり、左はこれまた広い列車の貨物到着所、顔を上げればガス会社の巨大なタンクが見える。川一つ越えただけなのに、達也も生まれ育った下町竜頭町《りゅうずちょう》からここに来たときには口を開けて立ち尽くした。

「テレカは持ってねえけど、コンビニで買うよ。車、人呼ぼうと思ってたとこだし、テレカ一枚なら安い。ちっと待ってて」

恋人を追って雪のクリスマスに、全く不似合いな格好でこんなところまで来てしまったという男に心底同情して、達也はコンビニに入った。最近は余り売れないのだろう千円のテレホンカードを買って、男に渡す。

「サンキュ」

短く礼を言って、男は真っすぐコンビニ前の公衆電話に駆けて行った。

見ていると電話が繋《つな》がらないのか話し合いがうまくつかないのか、苛立って男は電話を叩いている。

「……俺も清子に電話すっかな」

あれぐらいの気合いが自分にも必要だと凍って行くバイクを見ながら痛感させられ、もっと早く仲直りをしていればこんな目にも遭わずに済んだのだとしみじみ思って、達也は凍えながら車に乗り込んだ。

ましてや今日はクリスマス・イブだ。一人で過ごすには、達也とて寂しい。

まだ電話の側《そば》を離れない男を一瞥《いちべつ》して、そう遠くない職場の修理工場へ達也は車を走らせた。

「別れよ」

クリスマスもかまわず改造車に手を入れていた清子は、へら、と笑って現れた達也を見るなり言った。

「大かたクリスマス・イブだし、仲直りでもしとくかぐらいの気持ちで来たんだろうけどさ」

汚れた軍手の上でスパナをくるくる回しながら、切れ長の美しい目で清子が達也を睨《にら》む。

「あんたって男はさ、揉めたりすんの大嫌い。割って入るのもすっごい苦手。押されればなんでもあきらめる。あたしからいかなきゃあたしと付き合うこともなかったろうし」

「そんなこと……」

「試したんだよ。あんたがあんまだらだらしてっから、何処まで押し切れるもんなのかなって。車なんか全然買えないくせに」

安全靴で清子は、車のミラーに着いた駐禁の札を蹴った。

「一回ぐらいいやなことはいやだって言って見ろバカ」

凄《すご》まれて達也は、何も言えないままただ車の横に立ち尽くしていた。

酷《ひど》い理不尽を言われていると他人が見たら思うだろうが、達也が反論しないのはそう思うからではない。

「この車、あたしが引き取るわ。手続きも全部あたしするから」

「いいよそんな……」

「別に欲しくないでしょ!?　あんた本当は車もあたしも！」

打ち所によっては死ねそうなスパナを突き付けられて、なんと言おうかと達也は迷った。

「そんなことねえよ」

だが応えたものの一瞬の迷いが、既に清子に知られている。

冷たい風が、ただでさえ寒い吹きっさらしの工場を駆け抜けた。

「鍵寄越《よこ》しな。車の鍵」

今度は開いた左手を突き出されて、達也の口元から溜息《ためいき》が漏《も》れる。

「……まあいいやって、しょうがねえかって思ったでしょ？　今」

小さな溜息に全てを見破られて、目を剝《む》いて達也は顔を上げた。

「あんたのそのやる気のないとこがやなんだよ。すぐあきらめるのはなんで？　まあいいやって、どうでもよくなられた方の身になってみなよ」

図星だという顔をしてしまった達也に呆《あき》れて、清子がポケットの鍵を引ったくる。

「あたしのことどんだけ気ぃ強い女だと思ってんだかしんないけどさ、そんなんじゃあたしだってしんどい」

最後にほんの少しだけ、清子は弱い顔を達也に見せた。

「ちっとも欲しがられてる感じがしないよ。必要って思われてる気がしないんだよ」

それじゃやってけない、と。

言い残して清子は背を向けて歩き出し、完膚無きまでに達也を思い切り振ってもう二度と振り返らなかった。

「何もイブの夕方に振らなくてもいいだろ……」

そんなことを言いつつプレゼントの一つも用意していない自分に、達也は実は気づいてもいない。

ただいつもと同じ理由でまた振られたのだということだけは、誰に言われずとも思い知らされていた。

薄着のまま彼女も車も失い、さすがの達也も失意のどん底という気分を存分に味わう。

「……帰っちまうかな。うち」

ふらふらと工場を徒歩で出て、淡雪を肩に髪に積もらせながらぽつりと達也は弱音を漏らしてしまった。

実はまだ高校生の身でありながら達也は、つい先だって父親に家を追い出された。学生でありながら学校に行かないで勤めに出たりするような半端者は置けないと、魚屋『魚藤《うおふじ》』経営の父親に蹴り出されたのだ。母親はあとちょっとなんだから卒業だけはしてよ、と笑顔で制服と鞄《かばん》を一応持たせてくれた。

元々父親とはすぐに大喧嘩になる達也は、出てけああ出てってやるさ、と通り一遍の啖呵《たんか》を切って家を飛び出し三カ月になるが、何事にもなああの達也でも父親にはどうしても折れられない。

　折れられないがしかし、今日ぐらいは帰ってみてもいいんじゃないかと思うのも十八歳の人情ではなかろうか。

　徒歩だと長く感じる川端を歩き白髭《しらひげ》橋を渡って、大袈裟《おおげさ》にも随分と久しぶりに感じられる神社の近くで足を止める。ここから先はもう生まれ育った竜頭《りゅうず》町だ。川向こうの高校に行けば幼なじみたちと顔を合わせるが、昨日からきっちり冬休み。誰とも会わずに彼女もないまま年まで越すのかと思うと達也の弱気もピークに達した。

「あれ？　達ちゃん」

　達したところに間が悪く、何か買い物帰りの幼なじみがひょっこり角から曲がって来た。

「まっ、真弓《まゆみ》！　何やってんだよこんなとこで!!」

　酷く情けないところを見られた気になって、びくりと達也の足が後ずさる。

「何やってんだよはこっちの台詞《せりふ》だよ。家出したんじゃなかったの」

　達也の気まずさもかまわず、どうやら手にシャンメリーを持っていると思《おぼ》しき幼なじみ帯刀《おびなた》真弓は、ずかずかと達也に近づいて来た。

「親父が折れるまで死んでも家の敷居跨《また》がないって言ってたけど、何日持つかしらねあははははっておばさん笑ってたよ」

「ああそうだよ！　親父が折れるまで俺は家の敷居跨がねえの!!」

くるりと背を向けて達也は元の道を帰ろうとしたが、真弓にがっちり腕を摑《つか》まれる。

「んじゃなんでこんなとこうろうろしてたのさ」

「なんでもねえよ！」

「寂しくなっちゃったんじゃないの!? 慣れないとこで一人でクリスマスでさ。あ、そういえば職場にできたって彼女はどうしたの？ イブなのに」

「うるせえなっ、振られたんだよ！」

「またあ？」

「ああまただ！」

幼なじみの気安さかはたまた性格なのか真弓はぐりぐりと達也の心の傷を抉《えぐ》って、揚げ句溜息をついた。腕は摑んだまま放さない。

「……なんでだろうねえ、本当に」

達也が振られるたび、真弓は心底痛ましそうにこの台詞を呟く。

「俺が悪ぃんだよ」

「いつも言うねそれ」

人様の家の壁に寄りかかって、真弓は雪の落ちて来る空を見上げた。

「達ちゃんさあ……よしなよ。好きじゃない子と付き合うのさ」

不意に、真顔で真弓が達也を見上げる。

息を呑《の》んで、達也は真弓を振り返った。

「別に好きじゃない訳じゃ……」

「でも来る者拒まずみたいなとこあるじゃん、昔っから」

「わかってるよ。相手の子がかわいそうだって言うんだろ？」

少し苛立って、達也が真弓の声を遮《さえぎ》る。

つい春先にもこの先の女子校の子を傷つけて、どっぷり落ち込んだところを達也は真弓に見せている。あのときたっぷり反省もしたのに、さすがにこの進歩の無さには達也も自分で呆れていた。

けれどそれを真弓に言われるのは辛《つら》い。好きでもない子とぼんやり達也が付き合ってしまうのは、本当に好きな子とどうしても付き合うことができなかったからだ。ずっと。

「それも、あるけどさ。あの亜矢《あや》ちゃんて女子校の子も、あのあと色々大変だったみたいだし」

「御幸《みゆき》に会うたび殴られてるよ俺」

「そういうの、でも、達ちゃんも辛いでしょ？　本当は」

「手加減ねえもんあいつ」

「そうじゃなくてさ」

軽口を怒ったりはせず、何故だか真弓はいつも達也が振られたときにやさしい。それは幼なじみだからだけでなく、多分、真弓も何か負い目が、あるのだ。

「付き合ってって言われて、うんって言ったときはさ。達ちゃんその子のこと傷つけようなんて思ってないじゃん。逆でしょ？」

「……そりゃあ」

「だけどいっくら達ちゃんがやさしくしたってさ、その子の言うこと全部聞いてあげたって。好きになってあげらんなかったら結局そうやって、振られちゃうじゃん。振られんのはいいけどさ」

「よくねえよ」

「達ちゃん、女の子傷つけて、自分もすごい参っちゃうじゃんか」

ふっと、よく知っている真弓の肩が達也に寄る。

「だからさ、次は好きな子と付き合いなよ。ね？」

舞い降りた淡雪の一つが、真弓の睫《まつげ》の先を飾った。

そんな風にいくつもの真弓の表情を達也は、丁度このぐらいの高さから子どものころからただ見つめて育った。

ただ、見つめていた。好きだと言ったこともないし、言おうとしたことも一度もない。

だって真弓は男だから。

くだらない理由でずっとただ駄目だと思っていたんだとようやく思えたのは、この神社で亜矢に振られたその春先だ。馬鹿だったと、思うのに達也は十八年かかったけれど、気づいたときにはもう真弓はすっかり他の男のものだった。

「遅いで真弓。何やって……なんやウオタツ。家出したんちゃうんか」

その他の男が、雪の中帰らない真弓を心配したのか角を曲がって駆けて来た。

不意に現れた真弓の恋人、阿蘇芳勇太《あすおうゆうた》の姿に慌てて、不自然に達也は真弓から離れてしまった。いつもならそこまで意識しないのに、思い返していたことが悪かった。

「家出中だよ。ちっと通りがかっただけだ」

勇太もその離れた肩に気づいて、苦笑する。

「……あほな気ぃ遣いなや。幼なじみやろ」

見なかった振りをするのも気まずいと思ったのか、笑って勇太は達也の髪についた雪を払った。

払われた前髪に触れて、随分と二人の仲が落ち着いていることに、達也は不意に気づかされる。達也が亜矢に振られて真弓に甘えたせいで、二人は随分と揉めていたがもうそんな気配は遥《はる》か遠く、勇太は今何も、真弓に不安が無いのだと知らされる。

ふっと、嬉《うれ》しいはずのそれが達也の胸には寂しさのように触った。

「ねえ達ちゃん。おうち帰りにくいならうちおいでよ。秀《しゅう》がすごい御馳走《ごちそう》作ってるんだよ」

子どものころからよく行き来した帯刀家のイブに来いと、真弓が達也を呼ぶ。

「ああ、そうせえや。どんな一人暮らししとるんかしらんけど、それよりはマシやろ。人だけはぎょうさんおるからあのうち」

少しうんざりしたように言って、根元が黒くなった金髪を勇太は掻《か》き上げた。

「ね、そうしよ!」

一人のイブよりきっとそれは楽しいだろうけれど、何故だか達也は足が動かない。

「……職場で、飲み会あるからさ。遠慮しとくわ」

無理に笑って、達也は手を振った。

「達ちゃん……」

「ウオタツ」

二人が一緒にいるところを、これ以上見ているのが達也にはしんどい。

「またな!」

無理に背を張って、達也は駆け出した。

もう充分に、ふっ切ったつもりでいたけれど。子どものころから焦がれて焦がれて、それでもあり得ないと思い込んでいた幸せの絵を見るには耐え難い日も、あった。

何しろ今日は雪だ。

達也《たつや》が足を引きずるようにして戻った団地は、竜頭《りゅうず》町から川一つこちらに来ただけなのに全くの別天地であった。その団地の一室を修理工場の社長が借りていて、家を追い出されたと言ったら住まわせてくれたのだが、広く寒々しい敷地を出入りするたび達也はうさん臭いものを見るように上から下まで見られる。家族向けの世帯を違法に借りた社長がその部屋に次から次へと従業員を住まわせるので、苦情が後を絶たないのだと後から同僚に聞かされた。

「なんか……今日は一段と視線が突き刺さる気がすんな」

買い物帰りの主婦たちに避けられているのはいつものことだが、そんなことも今日は達也には染みる。

誰とも目を合わせずに雪の中を抜けて、奥にある四号棟の端の階段を達也は上がった。雪のせいか、気の早い日はもう沈み果てている。四階まで階段を上り切ってから達也はイブだというのにケーキどころか何も食べるものがないことに気づいてしまったが、足元が滑る中いまさらコンビニに向かう気にはなれない。

「ほんっとによ……」

そのうえ部屋には暖房もないのだが、もう飢えて凍えるのも自分には似合いのイブだと心底達也も思えて来た。

「どうにでもなりやがれちくしょう……うわっ」

ついでに踊り場の電灯も切れていて手探りで鍵を探しながら一歩踏み出して、ドアの前に誰かが蹲《うずくま》っていることに唐突に達也は気づかされた。

「……ん？　あ、達也？」

どうやら眠っていたらしきその人物が目を擦《こす》りながら顔を上げる。

「……んだよ、おまえかよ。びびらせんなよ」

声を聞いてすぐに、それがいつもの来訪者であることがわかって達也は息をついた。

「待ってたら眠くなって」

顔は小さいが割りと高い背丈の青年が、仕立ての良いコートを着たまま伸びをする。真っすぐ立つと、華奢《きゃしゃ》な肩が達也と並んだ。

本当にこんな寒い踊り場で彼が眠っていたのだとわかって、達也が苦い息をつく。

「凍死すんぞ、ったく」

「寒いと眠くなるんだよ」

ぼんやりとそんなことを言う青年は、おとなしく達也が鍵を開けるのを待っていた。

「……また振られたのか、晴《はる》」

ポケットから鍵を出しながら、今日は徹底的に厄だ、と達也が溜息をつく。

「うーん……振られたって言うか」

一見振られるなどという言葉が少しも似合わないやわらかく整った顔で、晴、と達也に呼ばれた青年、田宮《たみや》晴は笑った。

「振られたんだろ?」

「もう駄目みたい。はは」

頼りなく背を屈めて、晴が苦笑する。

「ったく、イブになんか振られやがって。俺がデートだとかそういう発想はねえの?」

中に晴を招き入れながらぼやいて見せて、達也は肩を竦《すく》めた。

「そしたら帰るけど」

「……俺もさっき振られたとこ」

足を止めた晴に、達也の声のトーンが落ちる。

「嘘」

「マジで。クリスマスの奇跡だな、二人揃《そろ》って振られるなんてよ。なんもねえぞ、言っとっけど」

「ビールとつまみ、買って来た」

そりゃ気が利く、と言いながら達也はこれ以上ないくらいにシンプルに散らかった部屋に晴を上げた。三畳の台所に出していないゴミ袋が重なり、六畳の部屋には小さな飯台が一つあるだけで煎餅《せんべい》布団が敷きっ放し、入り口脇《わき》の四畳半は使っていない。

た。


「……傘持ってなかったの？　風邪ひくよ」

中に入って達也が雪塗《まみ》れだと気づいて、晴は慌てて辺りを見回した。

「着替える。んなやわじゃねえよ。……っくしゅっ」

強がった側《そば》からクシャミが出て、晴が洗濯済みかどうかわからないタオルで達也の頭を拭《ふ》いた。

「いいって。座ってろ」

それでもおとなしく頭だけ拭いてもらって、達也がさっさと濡《ぬ》れた服を脱ぐ。

「夏には大変なことになるよ、この部屋」

いつもの定位置、飯台の横の部屋の隅に、晴はコートを来たまま膝《ひざ》を抱えるようにして座った。ここに暖房器具がないことも晴はよく知っている。

「夏までこんなとこに居たくねえよ」

「だって就職決まってるんだろ？」

ここは社員寮のはずだと、コートの下には達也と同じ学校の制服を着ている晴は肩を竦めた。

着替えている達也から、晴は少し不自然に顔を背《そむ》けている。

「決まってるけど、二階より高いとこ俺住めねえってよくわかった」

すぐに乾いたジーンズとセーターに着替えて上着をはおり、達也はようやく一息ついた。

「そんなこと言って、家に帰りたいんじゃないの」

「帰ってくんなって言われてんの知ってんだろ？　丁稚《でっち》に出したつもりでいやがるから、当分うちの敷居跨がせてもらえねえよ」

さっき町の一歩手前まで行ってしまったことは言わずに、達也が意気がる。

「江戸時代みたいだよね。でもなんかいいよ、そういうの」

他人事《ひとごと》という訳でもなく本当に楽しそうに、晴が笑った。

同じ制服を着た同級生だが達也より一つ年上の晴は、帰国子女の進学組だった。何処かの私立が合わずに二年の終わりに転校して来たのだが、清潔そうな姿も変に丁寧な上品さも背筋の正しい優等生ぶりも、何もかも達也の高校には似合わず浮きまくっている。もちろん、誰が見ても達也と晴も何処もかしこも合わず、時折二人が一緒にいるのが学校では七不思議の一つに数えられていた。

——なんであんな上玉と仲良くなったの？　俺にも紹介してよー、友達になりたい！

そもそも晴と親しくなった元凶である真弓《まゆみ》の言葉をふと思い出して、今日は何かこういう縁の日なのかと、あきらめて達也はヤカンを火に掛けた。

「カップ麺《めん》食うか」

ぼんやりとカーテンのない窓から明かりもつけずに雪を眺めている晴を、本当に汚い台所からちらちらと見て達也が尋ねる。物の良さそうなグレーのスマートなコートも、きれいにウエーブのかかった前髪も何もかも、恐ろしくこの部屋に似合っていなかった。

「もうちょっとクリスマスっぽいもの買って来たんだけど、俺」

少し時間を置いてから達也の言葉に気づいて、晴は自宅のある根津《ねづ》の方で買って来たのだろうパンや総菜を袋から出した。

「……おいおい、ケーキまで買って来たのかおまえ」

「ロウソクもついてるよ」

変に楽しげにして見せて、晴がケーキに立てたロウソクに火をつける。

異様な雰囲気だと思いながらも達也はガスの火を止め部屋に戻り、受け取ったビールを晴のビールと合わせて小さな飯台の向かいに腰を下ろした。

沈黙して、二人して暫《しば》しビールを啜《すす》る。さすがにメリークリスマスと言う気にはなれない。

だが今日晴がいつもの理由にせよここに居てくれることが、実のところ達也には酷く有り難かった。さっきまで飢えて凍えて死んでやろうと思っていたところなのだから。

「んで」

作業用の上着から煙草を出して、そのロウソクで火をつけながら達也は口を開いた。

「今度はどんな男に振られたの、おまえ」

煙を吐き出しながら、特に聞きたくはなかったが今日は義理だと、尋ねる。

晴が酒を持って達也を訪ねて来るときは、主に男に振られて泣きつきたいときだ。この前はここに越して来たばかりの秋口だった。

「んー?」

「……もしかしてこないだ言ってたのとおんなじ男か?」

ロウソク越しに晴を見て、ようやく達也が晴が明かりをつけなかった訳に気づく。口の端が明らかに叩かれたように切れて、薄く血が滲《にじ》んでいた。

「……うん。なんでわかるんだよ」

「殴るような男やめろっつっただろが。なんだよ、こないだ振られたんじゃなかったんかよ」

「より戻っちゃって」

「戻すなバカ」

「でももう、終わり」

軽く足を蹴った達也に、晴が目を伏せて苦笑する。

「やめたよ、今度こそ」

何か自分に言い聞かせるように晴は言った。

そんなことを言いながら自分が最初に晴と口をきいたときに、頬《ほお》を叩いてしまったことを達也は思い出さずにいられない。加減を忘れて晴を叩いた掌《てのひら》を眺めて、達也は苦い息をついた。

達也が晴の男話を聞いてやるのは、別にゲイ仲間だからではない。

ただ達也は初恋だけ手違いで男だっただけで。

晴が転校して来たのは勇太《ゆうた》と真弓が付き合い始めて半年ほど経《た》ったころだったが、自覚さえしたくなかった初恋の残照に達也は密《ひそ》かに痛めつけられていた。真弓と同じクラスに居た晴は達也のその幼なじみへの視線が友情だけではないと気づき、相談に乗ろうかと話しかけて来た。思春期を過ごしたアメリカでゲイだと自覚した晴はただ仲間が欲しかっただけなのだが、押し隠していた幼なじみへの思いをいきなり同級生に指摘されて、達也は滅多に上らない血を頭に上らせ酷い言葉とともに晴を叩いてしまった。

誤解を晴は謝ったけれど、後になってよくよく考えればそれは誤解ではなく晴にはなんの悪気もなかったとも知れ、冷静になったころには平身低頭達也は謝るしかなかった。

——オカマとか言って悪かった。

屋上に呼び出して頭を下げた達也に、晴は自分こそがすまなさそうな顔をして首を振った。

——別に、本当のことだから。

——そういうこと言うなよ。

自分のこと貶《おとし》めるみたいな言い方すんじゃねえよ、と達也は余計な口をきき、それから晴のことを多少気にかけるようになった。

ばらしてしまったので晴も他人にはできない話を達也にするようになり、達也は落第寸前の科目を晴になんとかしてもらったりして二人は誰がどうみてもバランスの悪い友人同士になったのだ。

「……俺の話はいいよ、今日は。達也はなんで振られたの。前に言ってた工場の先輩？」

友達がいない晴は犬猫のように達也に懐《なつ》いて、達也も毛色の違う友達に悪い気はせず家に呼んだりもしていた。母親と二人で住んでいるという晴は、ここに来るとほっとすると言って学校の帰りによく達也の実家に寄って行った。

「そう。やる気ねえとこが気に入らねえっつって。スパナで殴られっかと思ったぜ」

「なんで達也すぐ振られるんだろうね。やさしいのに」

「言ってろ」

ぼやきながら達也は畳に大の字になった。右手に持ったビールがうまく口に入らない。

「あの子に、告白しようとか思わないの？　もしかしたらうまく行くかもしれないだろ」

「あの子って」

「だから、帯刀《おびなた》だよ」

下手にとぼけようとしたせいでその名前を聞くはめになり、ぼんやりとさっき別れた真弓と勇太の姿を、達也は思い出さざるを得なかった。

「考えたこともね、んなこと。それに全然ふっきってるし俺」

言いながらもちろん、無理に喉《のど》を張っている自覚ぐらいはある。

雪の中、変にあたたかそうに寄り添っていたあの絵の、真弓の隣にいたのが本当は自分だったのかもしれないのにと、いつもは考えもしないことを達也は思った。

「そうかな」

「あのさあ晴、俺ホモじゃねえかんな言っとっけど。俺ガキのころあいつのこと女だと思い込んでたの！」

晴がおかしなことを聞くからだと八つ当たりして、達也が声を荒らげる。

「わかってるよ。それは何度も聞いた」

手を振って晴は、悪かったと溜息をついた。

「ただ達也みたいな人と付き合ったら、誰だってきっとすごく大事にしてもらえるのにって思って」

言われて、酒で少し熱くなった頬が変に赤くなりそうになって、達也が慌てて横を向く。なんだってこんな話になるんだと言いたかったが、晴が普通に話しているので怒り出す訳にも行かない。

「できねえから振られたんだろが」

言い捨てた達也に曖昧《あいまい》に晴は笑って、二本目のビールを開けた。

学校では優等生の顔をしている晴は、酒も良く飲むし煙草も吸う。似合わないので達也はいつも、何かそれが危なげに見えて気になった。アメリカ帰りのせいかと最初は思ったが多分違う。付き合う男が、いつもろくな男ではないのだ。

「……学校、ちゃんと行ってんのかおまえ」

缶につけた晴の口の端の傷が気にかかって、達也は溜息をついた。

「達也にだけは言われたくないよ」

腕を枕にして尋ねた達也に、もっともなことを言って晴が笑う。

「そうだけど……たまに行っても最近おまえ見ねえしよ。大丈夫なのかよ」

「振られたから、明日からちゃんと行く。受験もあるし」

「昨日から冬休みだぞ」

「あれ？　そうだっけ」

キョトンとして晴は、コートの下の制服を見下ろした。

「もしかして家にも帰ってねえのかよ……」

「彼氏が、帰るなって言うから一日帰んなかったら帰りづらくなっちゃって。過保護じゃない、うちの母親。今頃警察に捜索願い出てるかも」

「しゃれんなんねえだろ。電話ぐらいしろよ」

「携帯充電切れてる」

「……ったく」

舌打ちして達也は、自分も充電の切れている携帯を取り出して充電器に繋いだ。

「俺出てやっから、電話しろよ」

「いいよ……そんな迷惑かけられない」

「慣れてっから、おまえの母ちゃん。向こうも俺なら慣れっこだろ」

学校の帰りに寄せて、家族で飲んでいるうちにどうせなら泊まって行けと達也の父親が言い出すという『魚藤』ではよくあるパターンで晴を泊めてしまった最初の時、翌日達也の家には晴の母親が怒鳴り込んで来た。

高校生の息子にそれは過剰な干渉に映ったが達也の親が恐縮して謝って、それから晴を泊めるときには必ず家に電話するようにと達也は母親に言われていた。

「ごめん」

すまなさそうに、晴が膝を抱えた。

実際、達也には晴は厄介な友人と言えなくはない。ずっと気兼ねや気遣いのない人間関係の中にいた達也には、この晴の謝罪さえ最初は面倒だった。

けれど晴はいつも、本当に何か申し訳なさそうに、まるで自分が今ここにいるのが悪いとでも思うかのように身を縮めて謝る。

「……もしもし、田宮《たみや》さんのお宅ですか。夜分にすみません、晴くんの同級生の佐藤《さとう》ですけど」

母親に仕込まれた挨拶《あいさつ》を、充電器に繋いだままの携帯にしながら達也は頭を下げた。

「いつも本当にすみません、昨日電話しようと思ったんスけど。話し込んじゃって。はい……はい、本当にすみません。あ、はい。うちです。……おい晴、ちょっと喋《しゃべ》れよ」

いつものように電話の向こうでヒステリックに怒鳴り始めた晴の母親を信用させるために、

実家だと嘘をついて通話口を押さえながら達也が携帯を晴に渡す。

「実家の方だって言っとけ」

「うん。……もしもし、お母さん？」

変にかしこまった表情で、いつも晴は萎縮して母親の電話を取る。

同級生より早く春には二十歳になる晴が背を屈めて母親と話す姿を見るたび、達也は何かやり切れない思いがした。

面倒がりの達也が晴をよく泊めるのは、そのせいなのかもしれない。達也の母親も晴のことは気にして、家に寄せなさいとよく言った。達也の家の者は、晴の母親のように子どもを抱え込んでしまおうとする親に慣れない。

長いこと何度も電話に頭を下げて、晴はようやく電話を切った。

「……助かったよ達也。実際どうしようかと思ってたとこ」

「もっと早く相談に来いっつの」

電話を置いた晴の頭を、軽く達也がはたく。

「でもおまえ、卒業したら家、出ちまえば？」

あまり触れていい話ではないかと思いながら口出しせずにもおれず、三本目のビールを開けながら達也は言った。大きい方の缶なので、短い時間にもう結構な酒量だ。

今日はピッチが早いとふと気づいて、達也はそれはもうどうしようもないと居直った。

「簡単に行けばいいけど……」

間を置いて、また曖昧な顔で、晴が笑う。

どう見ても晴に過剰に干渉する母親の話を、晴はしたがらない。

「進学するし、そうも行かねえか。まあ、こんなとこでいいならいつでも泊まり来いよ」

お節介だなと、言いながら達也は思った。晴の母親の声を聞けば、迷惑だと思うこともあるくせにと、胸の内に呟く。

「そういうこと言わないでよ」

目を伏せて晴は、色の薄い髪を摑むようにして笑った。

「これでもあんまり甘えないようにしてるんだからさ。……なんて、甘えてるけどね。達也にはかなり」

ごめんと、口癖のように晴が謝る。

悪い口癖だと言いかけて、そんなことを言うのは自分の仕事だとは思えず達也は口を噤《つぐ》んだ。

「クリスマスの夜に泣きついてくるようじゃなあ」

代わりに軽口で、ビールを呷《あお》る。

ようやく顔を上げて、晴はちゃんと笑った。また「ごめん」と、呟きはしたけれど。

ロウソクの火に晴の前髪が透けて、晴の笑顔を見ると不思議な気持ちのする自分に達也は気づいた。変に安心する。良かったと、そんな単純な思いだ。晴は寂しい顔をしていることの方が多い。

何も不足がない人間だと、晴を見て思う者は多いだろう。帰国子女で、勉強もできるし、背丈もある、容姿も整っている。竜頭高では浮いているが、人当たりも悪くはない。女子の間では結構な人気だと達也も知っている。

相手が男でも、晴は過分な相手ではないだろうか。

イブに自分とこんな汚い部屋でビールを飲んでいるとは、同級生は誰も想像しないだろうと、達也は溜息をついた。

「おまえの場合さ、相手がびびっちゃうんだと思うんだよ」

慰めの言葉の一つも探してみようかと、達也が口を開く。

「なんつうの。出来過ぎてるっつうか」

そうしてまた唇の傷を見ると否応無く苛立って、達也は眉根《まゆね》を寄せた。

「それにさあ……おまえが相手を選ばないのもよくねーっつうか」

言いながら三本目の缶が空いたことに気づいて、達也がそれを畳に放る。

「あー、酔ったかな俺。説教魔神になりかかってんな」

「説教はいいけど……畳にビール零《こぼ》れたよ」

笑って、晴は缶を拾うと水気をティッシュで拭いた。

「でもよ、俺」

その笑った顔をぼんやり眺めながら、達也が四本目のビールに手を伸ばす。

「おまえにはもうちっとマシなやつと付き合ってもらいてーよ」

「見た訳でもないくせに」

やんわりと言って、晴が飲み過ぎの達也の手元からそっと缶を取った。

「だから、殴ったりすぐ捨てたりするようなやつじゃなくてよ。もうちっと……大事にしてくれるやつ、いねえのかよ。おまえだったらいくらでもいいんだろうが」

言いながらそういう相手を選ばないのは、結局晴自身に問題があるからだと達也にも知れる。

「つかおまえ、自分のこともっと大事にしろよ」

けれど口にするとそれは、随分と陳腐な台詞に聞こえた。

それらを全て酔いのせいにしようとして、達也が髪を掻き毟《むし》る。

「……何言ってんだ俺」

「俺帯刀《おびなた》が羨《うらや》ましいなあ……」

不意に、溜息のように晴は、呟いて達也を見つめた。

「あのくらいいい子だと、達也みたいな人に好きになってもらえるんだね」

「おまえも何言ってんだ。別にあいつはいい子なんてシロモンじゃねえっつの。わがままだし気ぃつえーし」

「未練大きそうにしか見えないよ」

つまらないことを言うなと叱《しか》ろうとして、ロウソク越しに達也と晴の目が出会う。

達也を同胞だと思い違えて話しかけて来たような晴に、それでも男が絶えないのは達也にもわかる気がしないでもなかった。整ってはいるが、特別きれいという訳でも女っぽいという訳でもない晴の表情は少し不安定で、時折何か頼りを探すような目をする。見つめられると多分大抵の人間は、その気がなくとも誤解ぐらいはしてしまう。

ただそうして晴が適当な男と付き合うたびに、言葉にしたとおり達也はお節介な気持ちで苛々していた。もう少しマシな相手はいないのか、たまに綻《ほころ》ぶ晴の小さな笑みを、大事にしてくれるやつはいないのかと。

「……俺がホモだったら一も二もなくおまえと付き合うんだけどなあ。ごめんなホモじゃなくて」

だとしたら自分が晴を大事にしてやっても良かったのだけれど、と思い始めた達也は、自分が相当酔っているという自覚ももう通り過ぎている。

「それこそ何言ってんの。達也、水飲む？」

「ここの水飲めねえぞ」

「ちゃんとミネラル・ウォーター買って来たよ」

室温で冷たいままの水を開けて、「ほら」と、晴が達也の手に持たせる。

触れた晴の指があまりに冷たくて、思わず達也は酒に火照《ほて》った自分の指で摑んでしまった。

「……達也？」

自分は男はいけない、と言い張る男には二種類いることを、不意に達也は知った。刑務所に入れば男で間に合わせることもできる男と、この世に女が一人もいなくなっても死んでも男とは寝たくない男。

自分は前者だと、達也は初めて気づいた。

イブに女に振られて、あれやこれやとすっかり参って、夜には変にしおらしい野郎と二人きり。刑務所と何処が違うのかというと、前後不覚の達也は既に1・5リットルのビールが入っている。刑務所より分が悪い。

「神よ……」

「は？　達也、ちょっとホント大丈夫？」

いきなり神に語りかけ始めた達也を、真顔で晴が案じた。

「俺ぜってえホモっけとかねえよな？　なのに……なんでわざわざこういうもんが俺の近くに配置されんだよ」

ぶつぶつと呟く達也は前後不覚なりに神に縋《すが》ろうとしたが、顔を上げると不安げな晴の眼差しがますます酔いを深めた。

「晴」

ぐい、と晴の腕を引いて達也が声を潜《ひそ》める。

「……なんかしてやろうか？　せっかくイブだし」

「ちょっと……っ、俺もそこまで落ちぶれたくないよ！」

ほとんど素面《しらふ》の晴は、真っ赤になって達也の指を振りほどいた。

「落ちぶれるってなんだよ」

「達也女の子がいいんだろ？　俺やなんだよ！　ストレートの男は」

「俺初恋は男だぞ」

「さっき自分で勘違いだったたって言ったばっかだろ？　俺達也は根本的に女の子がいいんだって、ちゃんとわかってて付き合ってるよ。そういうこと期待してないから」

早口に言って、晴が達也に背を向ける。薄明かりに、少し頬が赤い。

「そういうことってさ……」

既に自分はすっかり友達、というか不埒《ふらち》な妹を持ったような気持ちでいた達也だったが、晴の方には複雑な割り切りがあったのかと、いまさらそんなことにも気づかされた。

「でも今日イブだろ」

期待していないということは、少しは期待したこともあるのかと、誰にでも受け入れられそうな姿でそんなことを自分に言う晴が達也はやり切れなくも、少し愛《いと》しくなった。

激しくも恐ろしい独り者のクリスマス効果である。

「なんかこういうことも、ありなんじゃねえの？　振られたもん同士」

もう一度腕を引いて、達也は晴を振り返らせようとした。

ちょっとした、いやかなりな自棄《やけ》も、達也は起こしている。女がいい女がいいと言いながら、結局女にはまた振られた。夕方別れた幼なじみとその恋人は、多分今もあたたかな時を過ごしているだろう。

自分がそこにいないのはなんでなのか。当たり前のことを当たり前に受け止め、思う気持ちを置き去りにして何も乗り越えようとはしなかったからだ。一度も。

だからと言って今乗り越えてどうすると達也を止める者はなく、間も悪くお互いにバランスを崩して晴が畳に倒れる。その上にのしかかるような格好になって、もう後には引けなくなった。

少し大人びた晴の、それなのに何か頼りない目が揺れる。

キスぐらいなら簡単にできそうだ。酒のせいなのか振られたせいなのかクリスマスのせいなのか、それとも晴の眼差しのせいなのか、何も達也の袖《そで》を引かない。

女の子にするように自然に、髪を抱いて顔を寄せてしまいそうになった達也を、けれど晴の白い指が胸を押して止めた。

「たまーにいるんだよ。達也みたいに、ちょっとお酒の勢いとかでやっちゃうバカ」

無理やり盛り上がったムードをぶち壊しにして、けろっと、晴が笑う。

「バカっておまえ……」

「でも絶対、後で後悔するからさ」

するりと達也の体から擦り抜けて、晴は煙草に手を伸ばした。

「男とやっちゃうなんて最悪だって……やんなきゃ良かったたって、言われたことあるから俺。朝一番でさ」

冗談のように言って、似合わない口元から晴が薄い煙を吐き出す。

「俺言わねえよ、んなこと」

「そうだね。達也は言いはしないだろうけど」

不意に、立ち上がって、晴が乱れたコートの前を直す。

「俺は全然いいよ、クリスマスの思い出に一回ぐらい達也とやっちゃってもさ。でも達也は」

その仕草に達也は変に胸が騒いで、不思議なトーンで掠《かす》れる晴の声をただぼんやりと聞いていた。

「きっと……一生後悔するよ」

「一生はしねえだろ」

「コンビニ行こ、アイス食べたくなった」

煙草を消して、晴が座り込んでいる達也に手を差し伸べる。

酷くばつが悪くなって、俯《うつむ》いたまま達也はその手を取った。立ち上がり上着のポケットに手を入れて、鍵も掛けずに部屋を出る。

やはり部屋の中よりは寒い雪の降る外に出て、達也はさあっと酔いが醒《さ》めて行くのを感じた。顔を見なくていいようにか、晴は達也の少し前を歩いてくれている。

――あのくらいいい子だと、達也みたいな人に好きになってもらえるんだね。

あんな思わせ振りなことを言って、おまえそりゃないだろ。

そんな馬鹿みたいな台詞が喉まで出かかって、達也は己の頬を叩いた。そりゃないのはどう考えても自分だ。

晴がただのいいやつだってことを、達也は忘れていた。

ころころ男変えるし男にだらしないしモラルのラインが低くて冷や冷やさせられるけど、絶対に誰かをそこに巻き込まない。そんなことで友人を傷つけたりしないように、晴は瀬戸際でいつも達也に肝心な痛みを見せない。

――きっと……一生後悔するよ。

しないと達也は言ったけれど、もし踏みとどまれずにあのまま晴を抱いてしまったらきっと最悪の朝を迎えたことに間違いはない。

相手が男だということだけでなく、晴の好意と、弱みに付け込んだ自分が許せなかっただろう。

多分、自分は寝ても良かったという晴の言葉も、少し自分に気があるようなことを言うのも嘘ではないのだと達也は自惚《うぬぼ》れてみる。自惚れてみれば、それでも拒んでくれた晴の気持ちが、痛い。

「晴」

そうして付き合う相手は平気で殴るような男なら、何故と、達也は問い詰めたくなる。

「おまえすげえいいやつなんだからさ」

コンビニの明かりが近づいて自分が正気に返るのがわかったけれど、部屋でのことを忘れた振りなどできず達也はその続きのまま口を開いた。

「なあ、ちゃんと、いいやつと付き合えよ。おまえのいいとこわかってるやつに、ちゃんとやさしくしてもらえよ」

聞かずに歩いて行く晴の腕を摑んで、達也が引く。

「やさしい人なんて、そんなにいないんだよ。達也」

早くなかったことにしてくれようとした晴は溜息をついて、首を傾けた。

「ならさ……」

俺はわかってるし、おまえにもやさしくできる。

と、喉まで出かかって、まだ酔っているのかと達也は頭を振った。

待て相手はまた男だ。抱いてしまいそうになったけれど、実際最後までやれたかも怪しい。

そもそもさっきまでは間違いなく友達だと思っていた。イブの晩に二人きりでロウソクの明かりに惑わされて、雪は降ってるしでどうかしている。

だけど達也は不意に、自分にそんな持ち合わせがあるならどうしても晴にやさしくしてやりたくなった。無償にやさしくしてやりたい。やさしい目に遭わせてやりたい。それは自分がしなくてもいいことなのかもしれないけれど、他に晴にやさしくしてくれるやつはどうやら見当たらない。

様々な言葉が頭を過《よぎ》って、達也は固まった。

「達也、人が見てるよ」

コンビニから出て来た客が自分たちを見ていることに気がついて、すまなさそうに晴は達也が摑んでいる腕を隠そうとする。

いつも晴が、学校でも道端でも家に来たときでも、そうして何か自分の何処か一部を、もしかしたら全てを隠してしまおうとすることに達也はずっと気づいてはいた。ふっと、そのたびに違和感を感じて晴に何か言おうとしながらうまく言えずにいた。

晴は達也が自分といるところを、人に見られるのをすまないと思っている。女に触れない自分の色が出て、それが他人の目について達也に恥をかかせるのではないかといつも怯《おび》えている。

「晴」

両手で、達也は晴の肩を摑んだ。

「俺なんも気にしねえよ。よせ、そういうの」

寧《むし》ろそういう晴に自分はいつも腹を立てていたのだと達也は気づいた。

遠慮しながら、相手だと見られては悪いと思いながらそれでも晴は達也を好いてくれている。けれど自分はそんないいものじゃないし、晴はそんな風に卑下されるものではない。

「おまえが……」

おまえがそんな風に自分を思うぐらいなら、俺はここで大声でおまえを好きだと言ってもいい。

言いかけたその言葉が本心なのかなんなのか達也にもよくわからなかったけれど、珍しく達也はやる気になっていた。

——揉めたりすんの大嫌い。割って入るのもすっごい苦手。押されればなんでもあきらめる。

昼間清子《せいこ》に言われた言葉が、耳に返って拍車をかける。

——あんたのそのやる気のないとこがやなんだよ。すぐあきらめるのはなんで？　まあいいやって、どうでもよくなられた方の身になってみなよ。

取り敢えず今達也は、晴のことがどうでもよくはない。

躊躇《ためら》えばまた、何か大事なものを逃すのではと滅多に訪れない焦りというものが達也の喉元に込み上げた。

「だから」

「……よう」

かつてないアクセルを蒸かして後先も考えずに突っ走ろうとした達也を、聞き覚えのある男の声が止めた。

振り返ると、昼間テレホンカードを買ってやった男がコンビニからふらりと出て来る。

「ああ……昼間の。電話繋がったか？」

こんな夜中になってまだ一人でいるのだから男が振られ仲間であることに間違いはないのだが、一応達也は聞いてやった。晴は身を縮めて達也の陰から出ない。

「電源切ってやがんだよ。雪で単車は動かせねえし、ったく」

それでもここを動かずにいたのはよほど恋人に未練があるからなのか、いや、イブならば必死になるのも当たり前かと達也は苦笑した。

「昼間、俺車動かなくなってさ。そんでこいつが動かしてくれて」

身動きができずにいる晴が、男を達也の友達だと誤解しているのかと説明しようとして、達也が身を引いて男を指さす。

「晴……!?」

だが達也が退いたことによって晴を見つけた男は、声を上げて駆け寄って来た。

「え……？」

惑う達也の横から、晴より少し嵩の低い男が乱暴にその腕を掴む。

「なんで携帯切ってんだよ。ああ!?」

「おい、ちょっと」

あまりの勢いに気圧《けお》されて呆気《あっけ》に取られた達也だったが、晴の腕に食い込む指の強さを見ていたら黙っていられず男の肩を掴んだ。

「放せ……っ、てめ晴の新しい男か？　さっき俺に別れるつったばっかでもう次の男くわえ込んだのかよ!?」

「は……？　う、嘘。おまえが追っかけてたコレって晴のことなのか!?」

肩を弾かれ小指を立てながらも、展開の早さに達也はさすがに着いて行けない。

「……昴《すばる》違うよ、達也は同級生で……でも俺、もう昴とは」

名前を聞いて、男が夏から晴がずるずると付き合っていた暴力男だとはっきりと達也にもわかった。

「だから誤解だっつってんだろ？　あんな女名前もしらねえよ。勝手にくっついてきやがっただけだ」

ならいっそ自分が新しい男を名乗って、晴にはこの男と決別させた方がいいのではないかと、達也が息を呑む。

さっき確かに自分は、晴が大切にされるところを見たいと、芯《しん》からそんな気持ちになったはずだ。

「待てよおまえ」

昴と呼ばれた男の肩を、もう一度強く達也は捕らえた。

「俺は……」

ただの同級生なんかじゃないと、そう言ってやろうとして、けれど晴の目が、酷く辛そうに、ただ真っすぐに昴を見ていることに達也は気づいてしまう。

今日の晴は、最初から酷く、肩が落ちていた。振られたと、笑った頬が少し震えたのを達也は見ない振りをしたけれどよく覚えている。

冷えきった暗い部屋で雪を眺めながら、独りのような顔をしてぼんやりと膝を抱えていた。叩かれた跡を見せまいと、俯いて。

「……そうじゃなくて」

なのに晴はまた、小さく何処かに自分を隠してしまおうとしている。

「昴、元々彼女居たじゃないか。悪いから……もういいよ」

そんな晴に腹を立てる男の熱が何処から来るのか、さっき達也は知ったばかりだ。

「もういいってなんなんだよ……っ」

見た目より幼い目に男は涙を溜めて、感情を抑えられないのか手を振り上げた。

叩こうとしたその腕を取って、きつく、達也が捻《ねじ》り上げる。

「……っ……」

「達也」

一瞬で男の顔が青ざめるほど強く捩った達也に、覚えず晴が声を上げた。

「殴るなよ」

やめてと、出かかった言葉が聞こえた気がして、苦笑して達也は男の腕を放した。

「るせえ。てめえには関係ねえだろ」

掌《てのひら》で達也の肩を弾いて、もう一方の手で男は、昴は額を押さえている。悔しさに滲んだ涙を見られまいとしていた。

何が悔しくて涙が出るのか、肩を尖《とが》らせているこの男のような顔をした少年にはわかっていて言葉にすることが、多分できない。

それでもこの男は、晴の何が痛ましいのかよく知っていて泣くのだ。

「……晴はさ」

それは多分彼が晴を、晴が思っているよりずっと大切にしているということなのだろうと、達也は小さく息をついた。

「自分が一緒にいんのがなんか悪いって、思っちゃってんだよきっと。おまえにさ、なんか悪いって。男だからなんか、そりゃ俺にもよくわかんねえけど」

やる気は何処に行ったと探してみても、もう達也の足は前には出ない。

「それが参るんだろ？　おまえ」

教えられた達也の言葉に、きつく、昴は唇を嚙み締めた。

頷《うなず》くほどの素直さなど持ち合わせていないようだけれど、きつい眼差しが辛そうに揺らぐのを見れば答えを聞かなくとも充分だった。

「クリスマスなんだからよ、仲直りしちまいな。晴」

言いながら達也は、相変わらず昴のバイクが凍っていることに気づいて溜息をつく。

「俺の部屋、使っていいよ」

「何言ってんだよ達也……」

首を振った晴に、達也は少し離れたファミレスを指した。

「俺もそいつ見習って彼女と仲直りするわ。あそこらへんで」

「でも」

「いいの、そーゆー気分だから。朝俺の携帯に電話すっから、出ろよ」

男の肩を支えるようにしていつまでも自分を見ている晴に、大きく手を振って達也がその場を離れる。

車の通らないアスファルトを雪がうっすらと覆って、オレンジ色の街灯が灰色の空に色を遮られる町を達也は振り返らずに走った。

「……なんか」

二人がもう見えないファミレスの前までたどり着いて、息を切らせる。

「無残だなー……俺、今日」

スニーカーについた雪を払いながら、達也はゆっくりとファミレスの階段を上がった。

「いや、思い止どまって良かったんだろ。な。うん」

いらっしゃいませ何名様ですか、の声を聞きながら公衆電話に手を掛けて、けれど電話する気力が自分に残っていないことに気づく。

何故だかもう、受話器を上げる気にはなれなかった。

「……一人っス」

イブにバイトに入っている店員に一人だと告げるのも悪くはないかと奥の喫煙席に座って、独り者がちらちらと飯を食う店内でコーヒーを頼む。

人が少ないせいか、店は暖房の効きが悪かった。ガラス越しの冷気が肌を刺す。

「凍死してえ」

煙草に火をつけながら煙とともにぼやいて、運ばれて来たどす黒いコーヒーを達也はすっかり酒の醒めた喉に流し込んだ。


二日酔いの胸の悪さに顔を顰《しか》めて、寝癖の酷《ひど》い髪を掻《か》きながら達也《たつや》は布団から出た。

正月一日の空は厭味《いやみ》なほど晴れ上がり、団地の空にも凧《たこ》など見えて、寒さに震えながら達也は十八年間で最悪の正月だと溜息《ためいき》をついた。

「顔ぐらい洗うか……」

真っすぐ台所に行って歯ブラシを口に含むと、昨日の酒が戻って上げそうになる。

実家に帰れないと言ったら工場長が不憫《ふびん》がって年越しに呼んでくれたが、無言の清子《せいこ》と顔を突き合わせていたら達也は限界の酒量を越えてしまった。どうやって部屋に戻って来たのかよく覚えていない。

顔を洗い終えて寒さに服を着込んで、さてどうしたものかと達也は煙草《たばこ》に火をつけた。

仕事は三日まで休みで、こうなるといよいよやることがなく一人でこの団地にいるのがやり切れなくなる。

「誰か来ねえかな」

一日から暇をしている友達は結構いるがそれぞれ家族や恋人もいると思うとこちらからは声がかけづらい。

「……あいつらはどうしてんだか」

クリスマスの後律義に部屋を掃除してシーツを洗って帰って行った晴《はる》のことを、ぼんやりと達也は思い返した。

その後一度ごめんと電話があって、だが二人で帰って行ったのだからきっちり仲直りはしたのだろう。

あれで良かったのだろうか。

昴《すばる》が晴を好きだと、そのことはわかった気がしたけれど、じゃあこれから二人がうまくやっていけるかと考えるとあまりいい展開は浮かばない。

だがそれも二人の問題で、自分の憂えることではないのかと、達也は煙を吐いた。晴も昴が好きなら、達也にできることは幸せになれと思うことだけだ。

「一時かよ、もう」

携帯の時計を見て独りごちた達也の呟《つぶや》きに、玄関の呼び鈴が重なった。

元日から誰だとだるくドアを開けると、扉の外には今丁度思っていたその人が立っている。

「……晴」

「あけましておめでとう」

少し気まずそうに笑って、晴は免罪符のように手にしているビールを掲げた。

「おめでとさん。んだよ、一月一日から。またあいつと喧嘩《けんか》か？」

「そうじゃないんだけど、行くとこなくて。達也こそ、実家帰んなかったの？」

「親父が生きてるうちは死んでも帰んねえっつっただろ。ま、上がれよ。暇してたとこだから」

腹を掻きながら達也が、中に晴を上げる。

「別に俺はかまわねえけど、こんなとこまで来て俺いなかったらどうすんだ？　電話ぐれえしろよ」

「いなかったらおとなしく帰ろうと思って」

「ったく、おめーは。……昼間っからビールは勘弁しろ」

「どうしたんだよ珍しいこと言って。お茶もあるけど」

「なんか食い物ねえ？」

「相変わらず冷蔵庫空なの？」

溜息をついて晴が、昼なのでコートを脱ぎながら電源の入っていない小さな冷蔵庫を振り返る。

「あ、でもちゃんと去年のゴミ出したんだな。えらいえらい」

「おまえが日付まで書いて貼《は》ってくからさ、さすがに出したよ」

一応少しすっきりして年を越せたことに感謝して、達也は何もない飯台の前に腰を下ろした。

缶のお茶を開けて、晴もおとなしく座っている。

「あの派手な彼氏はどした」

「お正月だから。家にいた方がいいんじゃないかなと思って」

「おまえは家にいなくていいのかよ」

「……出て来るときお母さん騒いで大変だったんだけど、居たくなくてさ」

深く膝《ひざ》を抱え直して、温かい缶を晴は自分の頬《ほお》に当てた。

「なんか、あったのか」

「なんにも、いつも通り」

制服とたいして変わらないような服装は母親のお仕着せなのか、似合うようで、何か無理を晴に強いている。

「ただ息が詰まっちゃって」

きっちり留めていたシャツのボタンを、晴は苦しげに外した。

「すごいんだよ、おせちも正月飾りも。やり過ぎなんだうちの母親」

言いながら笑おうとして、晴はできない。

「……俺のための料理、俺のために暖められた部屋、俺のための会話なんだけど」

笑うのをあきらめて、溜息を晴は聞かせた。

「都合の悪い俺を、お母さんは見ないんだ。都合の悪い話も、聞こえない振り」

たいしておいしいとも思わないのだろう煙草を、ポケットから出して晴が火をつける。

「俺、結構頑張って優等生してると思うんだけど……根本がさ。彼女の理想から遠すぎてどうにもなんない」

白い煙が、部屋に浮いた。

「でもいないんだ、そんなやつは。お母さんの中にはね。死んでるのと一緒だよ」

そう言って晴がもう一口吸い込もうとした煙草を、達也が静かに奪う。

「晴」

家を出るべきだと、出過ぎた干渉だと思いながらも達也は言おうとした。

「……だから、あんな家出ちまえっつってんだろいつも」

だが達也が言いかけた言葉が、玄関の方から投げられる。

驚いて振り返ると、外からそのまま上がって来た昴が立っていた。

「呼び鈴ぐらい押せよおまえ……つーか靴脱げ、靴!」

「鍵掛けてから言えっつの。それにこの汚ねえ台所、土禁には見えねえぞ」

謝りもせず昴が、銀の飾りのついた長いブーツを脱いで無造作に玄関に投げる。

「ごめん達也……」

「おまえが謝ることねえだろ」

顔を顰めて達也は、突然の来訪者が勝手に飯台の前に座るのを眺めた。

「なんでここわかったんだよ、昴」

「家行ったらおまえいねえし、こいつの他に俺おまえの友達なんか知らねえもん」

この間見たものとは違う黒いフェイクのコートを脱いで、汚いと言ったはずの床に昴が捨てる。

「……家、来たの」

「行った」

不安そうに聞いた晴の気持ちなどかまわないかのように、昴は言った。

「おまえのお袋が俺のこと死ぬほど嫌ってるのなんか知ってる。だけど」

レザーの黒いパンツのポケットでひしゃげているマルボロを取って、昴が奥歯で嚙《か》む。

「だからって俺は都合よく消えてなくなったりしねえからよ」

「……後で晴が、大変だろ」

濃い煙を吐き出した昴に、けれど諫《いさ》める気持ちは少ないまま達也は言った。

「ま、俺も嫌われてっけどな。晴のお袋さんには」

眉《まゆ》を寄せて晴を見た昴の頰に少しだけ後悔が映って、通り一遍のことを告げたのを達也が悔やむ。昴は間違いはしていない。

「おまえさ」

不意に、昴は煙草を嚙んだまま、ぼろい座卓の足を蹴《け》った。

「なんで、そういうこと言いにこいつんとこ来るワケ？　お袋の話とか」

親指で達也を指して、銀色の前髪の透き間から昴が晴を睨《にら》む。

「なんでそういうときに、携帯の電源切るんだよ」

「だって……昴の家だってお正月ぐらい」

「そういうことじゃねえだろ!?」

言葉より先に出る昴の手が晴の胸倉を摑《つか》むのを、すんでで達也は止めた。

「喧嘩すんなよ……新年から人んちでよ。おまえと付き合う前からなの。友達なんだよ、俺と晴は」

言いながらイブの晩の不埒《ふらち》さが蘇《よみがえ》って、達也は大仰な言葉が後ろめたい。

「……はん。オトモダチね。こいつに？」

あり得ないと、昴は達也の手を振り払って今度は晴を指した。

「大かた昔の男かなんかなんだろ」

「達也はゲイじゃないよ、昴。……それは、昴もそうじゃないけど」

言い添えた晴の言葉は心底昴の気に入らないらしく、ただでさえよくない昴の目付きがますます険しくなる。

「だからそれがなんだっつんだよおまえはっ」

「喧嘩すんなっつの！　一月一日だぞ今日!!」

割って入った達也の言い分こそそれがなんだと言われるようなものだったが、元日にはそれなりの効力があるのか昴は不機嫌ながらも押し黙った。

「よし」

へたれたダウンを取って、最悪のイブに続く最悪の正月を回避するために達也は立ち上がった。

「うち行くべ。なんか食うもんもあんだろ」

ほら、と二人をせかした達也が何を言い出したのかわからず、昴が困惑を露《あらわ》に顔を上げる。

「……だけど達也、お父さんに」

「おまえが帰宅の大義名分、いいだろ晴。おまえも来い、なんだっけ……こじゃれた名前の」

心配そうにそれでもコートを手にした晴に笑って、達也はいつまでも立たない昴の腕を引き上げた。

「昴だよ」

晴が小さく、その名前を口にする。

「どうせ暇なんだろ？」

言われて、渋々と昴はフェイクを着込んだ。

晴れた空の下に出るとこの三人連れは団地には異様で、凧揚げをしている親子の不安そうな視線を痛いほど受ける。

「あけましておめでとーございます」

「おめでとうございます」

それでも挨拶《あいさつ》をした達也に従って、晴も頭を下げた。

「なんであんなババアに挨拶すんだよ」

「知るか。うちの方はガキは道でババアに会ったら挨拶すんのが普通なんだよ」

不満そうに言った昴に、理由はないと達也が肩を竦《すく》める。

「電車で三時間とかかかんじゃねえだろな、おまえんち」

どんな田舎の話だと、昴は色を抜いている眉を寄せた。

「川のすぐ向こうだ」

川沿いに歩きながら達也が、高い塀を指す。

「そういえばおまえ今日はバイクは?」

おとなしくたらたら歩いている昴に、どうやってこの辺境まで来たのかと達也は尋ねた。

「あの雪の次の日に放置しといたらレッカーに持ってかれた。しょうがねえからタクシーで来た」

「取りに行けよ」

「いいよもう、めんどくせえ」

淡々と達也には信じ難い感覚を披露する昴はそれをおかしいとも思わないらしく、ただ隣で晴が仕方無さそうに苦笑する。

やはりろくな男ではないのかと達也は気が重くなったが、晴の顔に傷が増えていないのを今はただよしとするしかなかった。

喋《しゃべ》ることなどあるはずもなく、だらだらと歩いて白髭《しらひげ》橋で隅田《すみだ》川を渡る。少し歩けばこの間真弓《まゆみ》とばったり会った神社に行き着いて、達也は立ち止まった。

「何処《どこ》も混んでんのに、しけた町だな」

それでもそこそこ人のいる神社を眺めて、昴が呟く。

「抜かしてろ。初詣《はつもう》でしてくぞ」

我が町を悪く言われて達也は蹴りの一つも入れてやりたいところだったが、しけていること に間違いはないので肘《ひじ》で押すのが精一杯だ。

少し順番待ちをして五円玉を投げて拝むと、一応拝んでいる晴の向こうで昴はポケットに手を突っ込んでぼんやりとそれを見ていた。

「俺正月にこういうとこ初めて来た」

振り返った達也に何か悪いと思ったのか、昴が肩を竦める。

「初詣で行ったことねえのかよ」

「年末年始はバカ騒ぎで酔い潰《つぶ》れて、一日の記憶なんかいっつもねえよ」

「五円玉投げて拝むんだよ。ご縁がありますようにって」

「なんだそりゃ。……五円なんて持ってねえよ。晴、五円くれ、五円」

文句を言いながら昴は物珍しさに負けたのか、見よう見まねで拝んで見せた。

何か、昴が少し楽しそうにしているように達也には映る。

そういえば年はいくつなのかと大人びて見ていたが幼くも映る昴の容姿に、尋ねようかと思いながら達也は鳥居の外に出た。

商店街の方に向かうと、ばらばらと初詣で客が歩いて来て、久しぶりの達也の顔を見つけては大仰に笑う。

「なんだ、出てったんじゃなかったのか達坊」

「ちょっと帰って来てやったんだよ！」

家に着くまでに何回この会話を繰り返さなければならないのかと、達也は早くもくじけそうになった。

「……えれえガラ悪ぃの歩いてんな。こんな下町に」

横を歩いていた昴がふとそんなことを言うのに、もう誰にも見られるまいと足元を見ていた顔を上げて、達也は噎《む》せた。

前から険しい顔付きで歩いて来るのは、勇太《ゆうた》だ。

「あ、阿蘇芳《あすおう》だ。……俺たちの同級生だよ、昴」

遠慮がちにその名前を言った晴は、恐らく勇太が、達也の初恋の真弓の恋人だということにぼんやりと気づいている。

近視なのに眼鏡をかけない勇太は、一メートルという距離まで近づいてから達也に気づいて目を細めた。

「よ、おめでとさん」

「ああ……」

明るく達也は手を挙げたが、勇太も昴が気になるのか初対面にも拘《かか》わらず二人は無言で睨み合っている。根元が黒いが勇太の髪は見事な金髪で、二人が向き合うとまるで御祝儀袋だと一人達也はどうでもいいことを考えていた。

「どしたんだよ勇太。正月からそんな不景気な顔しやがって」

「どーしたもこーしたもあるかい」

実際何か不機嫌になるようなことがあったのか、伸びた背を丸めて勇太が長すぎる息をつく。

「ちょっとーっ、待ってよゆうたあ!!」

勇太が口を開くのを待たず、向こうの角から当の真弓が駆けて来た。

達也には子どものころから見慣れた、晴れ着姿で。

「来んなや！　その格好で俺に近づくなゆうてるやろっ。もう女もんは着いへんて、夏におまえ誓わんかったか!?」

勇太を憂鬱《ゆううつ》に追い込んでいたのは真弓のその晴れ姿なのか、歯を剝《む》いて勇太が後ずさる。

「なんでー、だって成人式にはもう着れないかもって丈兄《じょう》が心配するからさあ」

「成人式には俺が死んでもスーツこうたるわっ」

「ちょっとぐらい褒《ほ》めてよー。せっかく秀《しゅう》が仕立て直してくれたのにい！」

「それ七五三で着たやつだな」

子どものころから真弓の晴れ着には慣れている達也は、いまさら驚く気にもなれなかった。

「よく覚えてんね達ちゃん」

「うちにも一緒に写ってる写真あっかんな。まー、もう一回ぐらい着ねえともったいねえだろ」

「でしょ？　せっかくお姉ちゃんが買ってくれたんだからさ。あ！　田宮《たみや》くんだー。あけましておめでとー」

「あ……あけましておめでとう」

華やかな両袖《りょうそで》を挙げて真弓に挨拶をされた晴は、学校とはかけ離れたその姿に圧倒されて固まっている。状況が摑めない昴も、なにもかもがわからないというように真弓を上から下まで見ていた。

これから帯刀家は初詣でなのか、話している側《そば》から真弓の兄たちと勇太の義理の父親が、角を曲がって来る。

「なんだ達也、家出したんじゃなかったのかよ」

一応プロボクサーの帯刀家三男丈に問われて、「まあな」と達也は頭を搔いた。

「学校だけはちゃんと卒業しろ。あとちょっとなんだから」

最近会うたび同じことを言う長男大河《たいが》が、いつまでも達也を小さな子どものように見る。

「あ、達也くん。いつも勇太がお世話になってます」

「あけましておめでとう、達坊」

深々と頭を下げた勇太の父親秀の横で、次男の明信《あきのぶ》だけがようやく正月の挨拶を聞かせる。

「おめでとさん」

つられてみんなで頭を下げ、騒々しい一家は神社に向かって行った。

ただ呆然《ぼうぜん》と、晴と昴はまだ揉《も》めている真弓と勇太を見送っている。

「……や、野郎なのかあれ⁉　町内公認のオカマなのかよ」

「オカマとか言うなオカマとか」

話の断片から男だとはわかったのか衝撃を露《あらわ》にしている昴の肩を、達也は小突いた。

「じゃあなんなんだ」

「なんつーかその……何かと自由な町なんだよここは」

説明はできず、尻を掻きながら達也が歩き出す。

「帯刀は学校では普通の子だよ」

自分も動揺しながらそれでも晴が、昴にしてもしょうがないフォローを入れた。

「なんかでも」

もう角を曲がってしまった真弓を、ふと、晴が振り返る。

「いいね。健やかな感じで」

「おまえもそうすりゃいいだろが」

なんとなく晴が真弓の何を羨《うらや》ましがったのかわかった気がして、無理なのはわかっていながら達也は呟いた。

「……なんだよそれ。おまえも晴れ着が着たいってことか？」

心底不安そうに、昴が晴の顔を覗《のぞ》く。

「はは。そしたら昴、一緒に歩く？」

笑って聞いた晴に、昴は困惑を深めた。

「おまえがどうしても着たいっていうんなら……買ってやってもいいけど」

意外な答えを聞いて、顔を顰めている昴を達也が振り返る。

晴も困ったように、不思議そうに昴を見ていた。

「別に着たくないよ」

「じゃあああのオカマとか言うなっつってんだろ？　真弓は……」

「だからオカマの何が羨ましいんだよ」

幼なじみのために口を挟もうとして、二人が大事な話をしかけていることに気づき達也が慌てて口を噤《つぐ》む。

「何がだろ？　よくわからなくなった。忘れて」

首を傾げて晴がわからなくなったと言ったそれが、さっき達也にはわかった気がしたのだけれど、元々言葉が足る方でもなく昴に教えてやることはできなかった。

けれど昴は、晴が今何に憧《あこが》れたのか、いつまでも気になって仕方がないように時折後ろを振り返る。

「女装とかしたい訳じゃないからね。本当に」

そんな昴を晴も気にして、冗談のように笑って言った。

「あらあら、放蕩《ほうとう》息子が帰って来た」

『魚藤《うおふじ》』、が近づいて達也の足が重くなった辺りで、元日から打ち水をしていた母親に見つかる。

「なんだよ意地張らないで昨日来りゃ良かったじゃないか。晴ちゃん連れてなら帰れると思ったんかいばかだねーこの子は。晴ちゃんあけましておめでとう」

突然の大声と口の早さに、昴はまた驚いて固まっていた。

「……よお」

心がまえなく母親に見つかった達也も固まっているのは一緒だ。

「何がよおだよこの馬鹿息子は」

「あけましておめでとうございます、おばさん。すみません元旦からお邪魔して」

ひとしきり親子のやり取りを待って、晴が深々と頭を下げる。

つられたように、昴も小さく頭を落とした。

「いいのいいの。大かた馬鹿息子の口実に連れて来られたんだろ？　おせちいっぱいあるから食べてってよ。お餅《もち》もあるし」

入って入ってと、店は閉めているが戸の開いている表から母親が晴を招き入れる。

「なんだコラ達也!!　死んでも帰ってくんなっつっただろうが！」

店のすぐ奥の居間で酒を飲んでいた父親が、達也を見つけるなり怒鳴った。

「帰って来てやったんだクソ親父！　ありがたく思えこのやろうっ」

いきなり形相を変えて怒鳴った達也に、驚いて昴は目を剝いている。晴はさすがにその親子喧嘩には慣れていた。

「なんだと!?」

「お父さん、晴ちゃんも来てるから」

「おー、なんだ久しぶりじゃねえか。おまえは上がれ。馬鹿息子は帰れ」

執《と》り成《な》した母親に、それでも父親はそっぽを向いている。

「俺やっぱいいや、帰る」

すっかり気後れしたのか昴は、自分にはとてもこの空気は無理だと後ずさった。

「なんだよ、晴のこと見張りに来たんじゃねえのか」

けっと笑った達也に、むっとして昴が迷うように中を見る。

「あれ、そっちの子もあんたの友達なのかい達也。まーなんだろうねその髪の色は!!　隣のじーちゃんじゃないんだからちょっと。おいで。生協で買った白髪染めで真っ黒にしてあげるよ」

ぼうっと突っ立っていた昴に今気づいたのか、強引に母親が腕を引いて居間に上げた。

「ちょっと……おい、達也！　止めろよ!!」

腕を抱え込まれた昴が、達也を振り返って悲鳴を上げる。

「真っ黒にしてもらえー」

他人事《ひとごと》のようにひらひらと手を振って、父親と一戦構えるべく達也は汚れたスニーカーを脱いだ。


もう卒業まで学校に行かなくてもいいかぐらいに思っていた達也《たつや》だったが、そうも行かないらしく、正月が明けたら卒業テストなどというものもあって達也はだらだらと学校に通った。

「もうさ……俺のことは捨ててくれよ晴《はる》。おまえも受験勉強あんだろ？　大丈夫なのかよ」

母親に頼まれたという晴と真弓《まゆみ》が交互に勉強の様子を見てくれるのはいいのだが、達也的にはもう卒業しなくてもいいというぐらいうんざりした気持ちになっていた。

「復習にもなるから。それに俺帰国子女だから、そっちの方の推薦で一応一つ決まってるんだ。実は」

就職クラスの机にへばり付いて唸《うな》っている達也に勉強を教える晴の姿は、級友には場違い甚《はなは》だしく、まばらなクラスの連中は窓際の二人を遠巻きに見ている。

「……なんだよ。聞いてねえぞ」

「ちょっと、他人事みたいな感じで。行くのかな俺って」

「気が進まねえのかよ」

「お母さんが決めたようなもんだから」

「……晴」

「でも別に、何か自分の希望が他にある訳じゃないし」

溜息をついた達也の言葉を塞《ふさ》いで、晴は笑った。

ただでさえ空気がおかしい教室の後ろ扉がガラッと開いて、最悪に機嫌の悪い勇太《ゆうた》がそのオーラで教室を静まらせる。

「なんか校門にヤバイのがおるって、職員室がざわついとったで」

出席日数のことで呼び出されて散々絞られたのか、達也と同じ就職クラスの勇太は椅子を蹴りながら二人のところに近づいて来た。

「ああ、あれやな」

言われて、達也と晴が慌てて窓の外を見ると、校門のところにバイクを横付けにした昴《すばる》が遠目に見える。

「あいつ……またあんな派手な格好で」

「ご、ごめん。明日学校行くって昨日言ったら、達也も来るのかって」

髪を掻き毟《むし》った達也に、すまなさそうに晴が言った。

「おまえはいいけど、彼氏まで俺に懐《なつ》かすなよ！」

他には聞こえないように達也が小声で唸る。

正月、何が気に入ったのか昴は晴と一緒に時折達也を訪ねるようになった。前の登校日に学校の近くの公園で勝手に待っててすれ違ったものだから、今日は多分校門まで来てしまったのだ。

「なんやおまえの知り合いか達也」

頭を抱えている達也に、机に尻を上げて勇太が身を乗り出す。

「揉めとるんやったら手え貸すで」

「やめてよそんな大魔獣激闘みたいなこと言うの！　正月に会ったっしょっ、お友達なのよ俺あいつと！」

どちらの手の早さも見ている達也は、暇なのかそんなことを言う勇太に悲鳴を上げた。

「正月？」

「ほら、銀髪だったやつだ。元旦にうちのお袋に生協の染め粉で真っ黒に染められちまったんだよあの頭。勇太の金髪もこのまま放っちゃおかねえっつってたぞ」

「……ほんまかいな。見つからんようにせんとあかんな」

ぞっとしないと震えて、勇太が目を細めて昴を見る。

「おまえの男か」

不意に小声で、親指で昴を指して勇太は晴に尋ねた。

一瞬、晴は息を呑《の》んだが、勇太が同類だということはわかっていて小さく頷《うなず》く。

「こっちにしときや。お買い得やでこいつ」

何を思ってか勇太は、達也の頭をぐしゃぐしゃにした。

「な……っ」

「田宮《たみや》は上玉やで。気合い入れてけよ、ウオタツ」

笑って、もう帰ろうというのか勇太は鞄《かばん》を取って席を離れて行く。

「俺は違うっつの勇太！　……ったく。悪ぃな晴、あいつ何言ってんだかよ」

「はは。ちょっとびっくりしたけど、まあお互い、なんとなくわかるもんだから。達也こそあんなこと言われて迷惑でしょ」

「別に……」

何をどう言ったらいいのかもわからずまた外を見ると、教師たちが外に出て昴の様子を窺《うかが》っていた。

「下手すっと警察呼ばれっかもな。帰るべ、俺らも」

「……ごめん達也」

「いちいちおまえが謝んなっつの」

さっさと荷物を纏《まと》めて、二人で校門に走る。

丁度煙草に火をつけようとしていた昴は、達也と晴に涼しい顔で手を振った。

「よお」

「よおじゃねっつの！　校門にバイク横付けにしてんじゃねえよ」

駆け出した達也に、「なんだよ」とぼやいて昴がたらたらとバイクを走らせ始める。

「取りに行ったのか、バイク」

「いや。新しいの買った」

「どんな放蕩息子だよおまえ……」

呆《あき》れて達也は新品のバイクを見たが、もう横腹に傷がついていた。改めて上から下まで見ると昴は、また黒だが初めて見るライダースのジャケットを着ている。柔らかそうな革はもののわからない達也にもいいものに見えたが、昴はどんな高価な持ち物も、大事にしている様子も執着している様子もなかった。

それは達也の目にも、とても幸福なことのようには映らない。

ましてや晴は、そんな昴を何処か痛ましそうにさえ見ていた。

「なあ、おまえんち行かねえの？　おまえんち」

昴は桜橋《さくらばし》と反対側に走りだしたことが不満そうで、後ろを振り返っている。

「今度は丸刈りにされんぞ」

「染めムラ出て来たんだよ、ここ。おまえ母ちゃんに言ってくれよ、もっぺんちゃんとやってくれって」

すっかり黒髪にされた昴は、後ろ髪を上げて落ちて来たところを達也に見せた。

「あのなあ、うちは床屋じゃねえんだよ」

「わーってるよそんなの。でもおまえの母ちゃんおもしれえ」

「人の母親おもしろがんな」

「んだよー」

一刻も早く学校を離れようと走る達也の後ろでバイクを止めて、ハンドルの上にうつぶせて昴はぼやいている。

まるで子どもだ。

「早く来いよ」

肩で息をついて、達也は昴を呼んだ。

「魚しかねえぞ、うち行っても」

呟いた達也に、昴がバイクを蒸かして追いついて来る。

「いいの？　達也」

すまなさそうに晴が聞くのに、達也は肩を竦めた。

「うちはなんでもありだ。お袋も親父も客が来っと喜ぶし。晴が来っと、まー達也にこんな優等生の友達が、つって喜ぶんだぞ。昴」

ふざけて達也が、昴の肩を肘で突く。

「んじゃ俺が彼氏だって教えてやれよ」

「ぶっ倒れちまうっつの」

けたけたと楽しそうに、昴は笑った。

何か、昴はわがままでめちゃくちゃだけれど憎めないところがあった。懐かれて達也も、いつの間にか昴を嫌いではなくなっている。思えば最初の出会いも、そんなに悪いものではなかった。

機嫌のいい昴は晴にも愛《いと》しいのか、嬉《うれ》しそうに晴も笑っている。

「おまえのお袋とかにさー、晴」

ふと、バイクで蛇行しながら昴が口を開いた。

「言ったらどうなっちまうかな。おまえが、俺のだってさ」

言いながら昴は、晴を振り返らない。

俯《うつむ》いて晴も、何も言えない。

「なあ」

もう一度昴は、答えを求めた。

「……そんで晴が、言ってもいいっつったらどうすんだよ」

仕方なく、代わりに達也が昴に溜息を聞かせる。

「晴をどうすんだおまえ」

問いの答えは、達也が聞いておきたいことだった。

だらだらとバイクを走らせながら、昴はすぐに応えられず晴れた空を見上げている。冬の東京は変に空が澄んで、埃《ほこり》が光を散らすのに目を細めると鳥が横切るのが影のように映った。

不自由に生きるものを、笑うかのように影は高いところを過ぎて行く。

「俺と暮らしゃーいいじゃん」

ふいと言って、「先に行っている」、と昴はバイクを走らせて川を渡ってしまった。

「……だってさ」

ぼんやりと消えて行く背を見送っている晴に、達也が肩を竦める。

「結構、いいやつ捕まえたんじゃねえの？　おまえ今度は」

何処か憂鬱そうな晴の横顔を見つめながら、達也は告げた。

「そりゃ気ぃみじけーしガキだし、今一緒に暮らすとかいうのはどうかと俺も思うけど」

何をしているのか平日も派手な私服でふらふらしている昴は働くところなど想像もつかず、さすがにそれには達也も賛成できなかったが、さっきの昴の言葉が不真面目なものだとも思えなかった。

「あいつ、おまえのことすげえ好きなんだろ」

目を伏せて聞いている晴は、何故だかそれを背負い切れないような顔をした。

「……晴？」

おまえはあいつのこと好きじゃないのかと、聞こうとして達也が口を噤む。

危ういほどの昴の焦りと、晴の憂鬱は、何か暗い気持ちを達也にも齎《もたら》した。色々前を向いた言葉を声にしたところで、うまくいくような気配はかけらもない。昴も晴も、綱の上にいるように足元が見えていない。

何故だろうと、達也はもう晴には何も問わずに歩いた。

竜頭《りゅうず》町に入ると、あちこちの店から「また帰ったのか」と達也は揶揄《からか》われる。晴は楽しそうに、笑っている。

「なんだなんだ家出息子。また似合わねえお友達連れて」

店先で花木の殻を摘んでいた『木村《きむら》生花店』の龍《りゅう》が、優等生風の晴を見て達也を揶揄った。

「龍兄こそ、似合わねえバイト使っちゃって。早くこんな店やめちまいなー、明《あき》兄ちゃん」

奥にいる明信《あきのぶ》を見てやり返しながら実家の前まで来ると、達也を見つけた父親が早速盛り塩を摑んで撒《ま》く。

「この根性無しが！　しょっちゅうしょっちゅう帰ってくんじゃねえ!!」

「俺だって別にこんな家帰って来たくなんかねえよ!!」

「こ、こんにちはおじさん……すみませんいつも。僕が、お邪魔したくて」

早速やりはじめた達也と父親に晴が、すまなさそうに謝った。

「晴はいいんだ、上がれ。昴はもう上がってんぞ」

店先に無造作に停めてあるバイクを指して、親指で父親が中を示す。

「けっ」、と言いながら上がると、居間からは確かに昴の声が聞こえた。

「つめてーって、おばさん」

「しょうがないだろ。ああもう、あんたの髪ボロボロで染めてもこんなんじゃすぐ落ちちまうだろ」

新聞を敷いて達也の母親が、苦労しながら昴の染め斑《むら》を埋めている。

「おまえ普段高い美容院とかで染めてんじゃねえの？　いいのか生協の染め粉なんかでうちのババアに髪染められて」

最初は確か、素人には染められないような銀髪をしていたはずの昴の黒髪に呆れて、達也は晴に座布団を投げながら座った。

「俺、粉水で溶く染め粉なんて初めて見た」

変に素直な顔で、昴は笑う。

「しばらくなんにもしないでおきな、頭の毛。耳も……なんだいこんなにジャラジャラ着けて。親から貰《もら》った体粗末にするんじゃないよ」

その昴の顔は達也の母親に何か痛ましく映ったのか、台所用の手袋をした手が昴の頭を叩《たた》いた。

「……へへ」

曖昧《あいまい》に昴は、目を伏せて笑っている。

熱い茶を晴と昴の分もいれて達也は、手持ち無沙汰《ぶさた》でテレビをつけた。丁度ワイドショーばかりの時間で、そういうものを見ると平日の真っ昼間だと気づかされて、せめて職場にでも顔を出そうかと画面の端に映る時刻を見る。

画面の中ではよく見る女優が、新作映画のインタビューを受けていた。

もう三十は過ぎたがお嬢さん女優と未だに言われてと、はにかむ作り物のような笑顔がこの居間から遥《はる》か遠く現実離れしている。さすが女優だとぼんやり眺めながら、やわらかい表情に似合わないくっきりした目元と口元が誰かに似ていると達也はふと思った。

不意に晴の手が落ち着かなく動いて、テレビのリモコンを摑んでいる。

「おばさん、それ俺の母親」

染め粉が染みる時間を待っていた昴が、その晴の手を止めるかのようにふっと、言った。

「何言ってんの、まだ三十そこそこだろこの人」

真に受けず達也の母親が、テレビを見て「きれいだねえ」と呟く。

「サバよんでんだよ。つっても俺産んだとき二十歳になってなかったっつうけど」

目を伏せて晴は昴の声を聞きながら、間に合わなかったリモコンを見ていた。

冗談だろとは、達也も母親も何故だか言う気になれない。

「隠し子なの、俺。ドラマみたいっしょ」

笑い話のように昴は笑ったけれど、その話をするのに昴の唇は多分少しも慣れていない。笑おうとした頬の端が、引き攣《つ》った。

「……来たいときに、いつでも遊びにきな。魚しかないけど」

染め斑に気づいて櫛《くし》で昴の髪を梳《す》きながら、いつもより少しだけ静かな声で母親は言った。

「なんだよおばさん、真に受けたのかよ」

茶化して、昴が笑う。

「嘘《うそ》でもいいさ、遊びにきな。達也がいないときに来てもいいんだからね」

晴ちゃんもね、と言われて晴が俯きながら「はい」、と言った。

足元を見て、昴は何も言えずにいる。

昴の肩に触れている女優とはかけ離れた母親の太い指を見て、達也も何も言えずテレビを消した。

後は卒業試験を待つばかりだと登校日もすっかり減って、達也《たつや》はまめに工場に通って真面目に働いていた。最近、晴《はる》も昴《すばる》も訪ねて来ない。

もうそろそろ晴も一般の方の受験かと、来ない理由を気にかけて達也は自室のカレンダーを見た。職場の先輩からセラミックヒーターを貰ったが、寒いコンクリの部屋は一人ではなかなか暖まらない。

うまく、行っているなら別にいい。

良い想像は浮かばないのにそんなことを思って寝ようと達也が明かりを消した瞬間、ドアが大きく鳴った。一般家庭が入っている隣室は、もう寝ている時間だ。

「……おい、叩くなって！」

慌てて達也は、相手を確かめないままドアを開けた。

他に誰を想像した訳でもなかったが、ドアの外には晴と昴が立っている。俯いている晴の手を、強引なほど強く昴が握っていた。

「どうしたんだよ……」

一目で尋常ではない様子と知れて、向かいの家のドアが細く開くのが見えたのも手伝って達也が二人を素早く中に引き入れる。バイクに二人乗りで来たのかどちらの肌も冷えきっていて、達也は一旦は消してしまった明かりをまた点《つ》けた。

手を翳《かざ》して明かりから目を背《そむ》けた晴の頰が赤く腫《は》れて、唇が酷く切れている。

「昴……おまえまた！」

叩いたのかとカッとなって昴の腕を掴んだ達也の手に、冷たい晴の指がかかった。

「昴じゃないよ」

力無く首を振って、晴が掌《てのひら》で傷を隠す。

「母親に、叩かれたんだ」

溜息のように言って晴は、疲れ果てたのかその場に座り込んだ。

「なんでだよ」

「隣の部屋で俺が晴をやったからだ」

「なんでんなこと……っ」

「だってあいつ！」

咎《とが》めた達也を、何処か呆然としたように立ったまま昴が遮《さえぎ》る。

「あいつ、晴をペットかなんかだと勘違いしてやがる。自分の思いどおりにしていいもんだと思い込んでやがる！　だから教えてやったんだっ、晴はあんたのもんじゃねえって!!」

喚《わめ》いた昴の喉元《のどもと》が、息を吸い込み過ぎて不安定に揺らいだ。

「……少し、落ち着けよ」

今はこれ以上責められず、達也が昴の背を抱いて摩《さす》る。そうして自分の思うがままに振る舞うのなら晴を己のものと思い込んでいるのは同じではないかと、達也は言いたかったけれど。

「いいんだ、達也」

その気持ちを察して晴が、髪を掻き上げながら達也を見上げた。

「今日昴が俺を連れ出してくれなかったら、明日俺はお母さんをどうかしちゃってたかもしれないし」

「……晴」

「だから、俺はいいんだけど」

何処かぼんやりとした瞳で晴は、親指の爪を噛み切っている昴を眺める。

「昴は帰りな。一人なら帰れるだろ？」

よく意味が取れず達也は昴を振り返って、いつもと随分昴の様子が違うことに気づいた。よくよく見ると昴は、白いシャツの上にグレーのジャケットを着て黒のスラックスを穿《は》いている。

「高校生だったのか、おまえ」

「まだ一年生なんだ、昴」

驚かされて尋ねた達也に、昴の代わりに晴が答えた。

「高一!?」

「一年ダブってんだよ！」

子どもっぽいとは思っていたが晴より三つも年下なのかと声を上げた達也に、その意味合いを感じてか腹立たしげに昴が声を荒らげる。

「さっきまで昴のとこにいたんだけど、うちの母親が怒鳴り込んで来ちゃって。……信じられる？　昴のバイクのナンバー控えてあって、住所調べたんだって」

ぞっとしない母親の行動に眉を寄せて、晴は右手で己の左肩を抱いた。

「それで、行くとこなくてここ来たって訳か」

溜息交じりに聞いた達也に、二人が頷く。「ごめん」と、晴は呟いた。

「……うちのお袋は知ってたんだけどな、晴とのこと。居間のソファでその気になっちまったときに、タイミング悪く帰って来やがって。月に一度帰ってくりゃ上等なのによ」

無理に鼻で笑って、昴が黒い髪を掻き上げる。

「もろ見られたけど、何も言わなかったよ。俺が何しようといつもかまいやしない。だけど誰かに騒がれたら黙ってる訳にも行かねえから、あの女も」

「だから、俺のことはわからないって言えばいいよ。今帰らなかったらまた留年になるだろ？」

「どうせやめる気だった、学校なんか」

帰そうとする晴を、苛々《いらいら》と昴は睨んだ。

「そんなの駄目だ、昴」

「なんだよ！　おまえ怒ってんのかよ俺が……っ」

高ぶって怒鳴った昴の声に、上の階の床が叩かれる。

「怒鳴るなって、夜中だぞ」

昴の腕を引いて、達也は取《と》り敢《あ》えず畳に座らせた。背を丸めるようにして、昴が抱えた頭を掻き毟る。

明らかに昴も、自分の急《せ》いた行いに言葉とは裏腹な焦りを感じていた。先のことなど何も考えていなかったのだ。

「せめてなんであとちょっと待てなかったんだよ。二月もすりゃ晴は卒業なんだぞ」

血が滲《にじ》みそうに力んだ爪を取って、それでも達也は黙っていられずに昴を責めてしまった。

俯いて唇を噛んで、昴は何も言わない。

「俺が」

代わりに晴が、青ざめた唇を開く。

「別れようって、言ったから」

問うように達也は、晴を振り返った。

血の気のない晴の指も、行き場をなくして髪を摑んでいる。

「……マジで別れたいのか、晴」

仕方なく聞いた達也に、足元を見たまま晴はただ頷いた。

「嘘つくなよ……っ」

すぐに逆上して、昴が晴に手を伸ばす。

「よせって、落ち着けっつってんだろ！」

力が籠《こ》もり過ぎている腕を押さえて、達也の声も否応《いやおう》無く高ぶった。

「それとも、嘘じゃねえのか。もう俺に飽きたのか。他に男ができたのかよ」

達也の声など耳に入らず、早口に昴が声を重ねる。

「おまえか？　達也」

「いい加減にしろ」

自分を見た昴の頭を、落ち着かせるために達也は掌で押さえつけた。

「そんなんじゃ……ないよ昴。だけどもう、無理だろ？」

膝を抱えて爪先を見ながら、晴は何かを急いで終わらせようとしている。

「母親のことなんか、もう気にしなきゃいい」

「うちの親は、いいけど」

互いに遠慮してはっきり語られないことがあって、達也には二人が本当はわかっているその理由が伝わらなかった。

「昴のお母さんが困るよ」

「そんな話もういい」

「興信所で調べて昴のお母さんが誰だかわかって」

自嘲《じちょう》的に笑って、晴が達也に教えるために口を開く。

「お母さん、脅迫したんだ。昴のこと……俺に近づくなら、隠し子だってこと週刊誌に売るって」

「いいっつってんだろ!?　よせよっ」

情けなさにか、晴の頬を涙が落ちた。怒鳴った昴は唇を噛んで涙を見ないでいる。

溜息をついて、達也は何も言えず晴の背を摩った。

「俺はかまわねえよ。お袋だって、今までガキなんか産んでねえって顔してシラ切ってきやがったんだ。酷い目に遭って思い知りゃあいい」

「晴はそういう気持ちにはなれねえだろが、どうしたって。おまえだって……今までその母親に養われてたんだろ」

「関係ねえよ。生まれちまったから掛かる金は払ったってだけだ」

「庇護《ひご》離れて、やってけんのか。実際」

捻《ひね》くれた口にただ呆れる気には達也もなれなかったが、だからと言って受け入れることもできない。

長く俯いて昴は、ポケットに無造作に突っ込んであった財布を放り出した。

「……金ならあるよ」

「親の金だろ?　おまえが母親の金使うっつうんだったらここには置けねえよ」

「じゃあどうしろって言うんだよ……っ」

カッとなって達也に摑みかかった昴の肩に、晴が触れる。

「……昴」

宥《なだ》めるように、晴は昴を呼んだ。

「高校だけは卒業しなよ……ね」

今は帰すほかないと、聞きながら達也も思った。昴は必死だけれど、子ども過ぎて手の貸しようもない。ましてや達也や晴も、大人だという訳でもないのだ。

「春が来たら……俺だって十八になる」

何かそれを頼りにするように、似合わない弱い声で不意に昴が言った。

「今だって働けるし」

肩に触れている晴の手に、昴が縋《すが》る。

「どうにだってなる。どうにだって……できるよ、晴」

晴を抱き竦めて、昴は声を籠もらせた。

「おまえはもう、家に帰っちゃだめだ。帰んなよ、な?」

胸に昴を抱きとめて、晴ももう何も言うことができない。

煙草を取って、そっと達也はその場を離れた。通り一遍の言葉はもう吐いた。晴にしがみついて離れない昴の指を、今は解くすべがない。

ゴミが積んであるベランダに出て、達也は煙草に火をつけた。見えない川の向こうをぼんやりと思って、煙を吐く。

——何がだろ？　よくわからなくなった。忘れて。

健やかだと言った真弓のことを羨ましがった晴の視線の先を、あの時昴はいつまでも気にしていた。何を晴が欲しがっているのか知ろうと、何度も道を振り返った。

自分自身を認められない不自由さの中に晴は息を潜《ひそ》めている。元凶ははっきりしていた。昴はそこから晴を連れ出したつもりなのだ。

だけど多分、何も簡単には済まない。

手に負えないと達也は思ったけれど、少しの間だと、そういう気持ちも胸の隅にあった。そうならなければいいと思う気持ちの、反対側で。

寒波のせいでエンジン不調が増えるのか修理工場は混んで、仕事が押して達也《たつや》は部屋に戻るのがいつもより遅くなった。

疲れ果てたのか朝まだ眠っていた二人がどうしているのか、考えると階段を上がる足が重くなる。鍵の掛かっていないドアを達也が開けると、部屋には明かりがついていなかった。

「……？」

二人とも居ないのかと目を凝らすと、居間にぼんやりと人影が見える。

「……いつからそうやってぼけっとしてんだ、おまえ」

影で晴《はる》だとわかって、苦い息をつきながら達也は電気を点けた。

「おかえり」

それだけ言って晴は俯いている。

「昴《すばる》は？」

「仕事、探すって。昼頃出掛けた」

言いながら晴が顔を上げない訳は、いい加減達也にも確かめなくとも知れた。それでも手を伸ばして晴の髪を上げると、今朝は治りかけていた唇の傷が酷くなっている。

「喧嘩に……なっちゃって」

笑おうとした晴の前に座って、達也は溜息を聞かせた。

「達也、帰るように昴を説得してくれない？」

その溜息に無理に笑うのはあきらめて、晴が達也と向き合う。

「最近、昴学校行く気になってたんだよ。達也の家行ったりするようになって少しなんか、変わったとこあって。達也のことも、慕ってるんだと思う。だから達也から言ってくれたら」

「一人で帰したって、学校に行ったりするかよ」

思うまま答えはしたが達也も、昴が家を出たままでいいとは思えなかった。

「俺が……帰ればいいのかな。そしたら昴だって帰るしかないよね」

髪を掻き上げた晴に、昨日の昴の声を達也が耳に返す。

――おまえはもう、家に帰っちゃだめだ。帰んなよ、な?

訴えかけるようなあの声は今日も時折達也の胸に触って、ぼんやりと立ち尽くしては先輩や上司に肩を小突かれた。

「……おまえが帰るのは、俺も賛成しねえよ」

晴が家を出るべきだと思っていたのは、達也も昴と同じだ。連れ出すことなど考えもしなかったけれど。

だがこうなってみれば晴の高校のこと大学のことと、引っ掛かりがない訳ではない。

「おまえさ、もうこのまま学校行かなくったって卒業はできんだろ? 俺と違って出席日数も足りてんだし」

「試験があるよ」

「ちょろっと行ってちょろっと受けて、卒業だけしちまえよ」

「……お母さん、きっと学校にだって」

目を伏せて苦笑する晴に、やはりそう簡単には行かないかと達也も言葉がなくなった。

最近めっきり本数が増えた煙草に火をつけて、最善策を探しながら煙を吐く。だが思いつくはずもない、達也も半分は無力な学生だ。

「うちの、親に相談すっか」

煙で溜息を隠して、達也が口を開く。

「何言ってんの」

「なんとかしてやりてえけど、正直俺の手にはあまる。でもうちの親父かお袋に、おまえの母ちゃんと少し話してもらったら違うかもしんねえだろ」

目を丸くした晴に、達也は戯れを言っているつもりはなかった。

「なんて言うんだよ。俺の恋人が昴で、やってるとこに母親が踏み込んで来てもう半狂乱になって、昴の母親のこと週刊誌に売ろうとしてるって？」

冗談だろうと、晴が頰を歪《ゆが》める。

「おまえらがいやじゃねえなら、ちゃんと一から全部話せば……わかってくんねえってことはねえと思うよ。そりゃたまげるだろうけど」

親に相談するなど思いもつかない晴が納得するのは難しいとは思ったが、達也は根気よく続けた。

「なんつーか……もうちょっとまともにおまえのこと考えてくれるようにさ。大人が言えば、まるで聞かなくもねえんじゃねえの、おまえの親だって。それに取り敢えず高校は卒業してもらいてえだろ、晴のお袋さんだって」

「だけど、そんなことお父さんやお母さんに話すの達也だっていやだろ」

「そりゃありがたかねえけど、俺はかまわねえよ」

もちろん嬉しくはなかったがもし晴がいいと言うなら本気でそうするつもりで、達也が迷わずに答える。

考え込むように俯いて、晴は首を縦にも横にも振ることができずにいた。

急かさずに、ただ達也が答えを待つ。

不意に、晴は唇を噛んで、堪え切れないというように口元を押さえて頭を屈《かが》めた。

泣いているのだとわかって、無意識に達也の手が晴に伸びる。髪に触れようとして、少しだけ後ろめたい気持ちが達也の手を戸惑《とまど》わせた。

「……ごめん、なんか」

指先で肩口にだけ、達也が触れる。

「なんか、なに」

心細さが毀《こぼ》れたのだろうと、涙のことは言わない。

「達也が羨ましい。……俺さ、俺、母親気持ち悪くて」

縋るように自然に晴の体が前に倒れて、背を、達也は支えるほかなかった。

「子どものころから、なんかすごい駄目で。だからかわかんないけど、女の人……みんな怖くて。でも自分の母親気持ち悪いなんてさ、やっぱ俺おかしいんだって、思ってたんだけど」

「んなことねえよ。そんなこと考えんの、おまえのせいじゃねえって」

友人の母親をあからさまに悪し様には言えなかったが、何度か話している達也には晴が母親をそう思っても仕方ないと思えた。

「でも俺、母親がいなきゃいないで不安なんだ。何も一人でできないんじゃないかって、思って」

覚えず力強く晴の背を摩って、昴のしたことはやはり間違いではないと達也も思う。

「大丈夫だから、心配すんな。俺もついてるし」

これ以上母親の下にいたら、遠からず晴はおかしくなってしまっただろう。連れ出さなければと思ったのは、昴の逸《はや》りではないのだ。

「昴が、いるだろ」

言いながら一瞬だけ達也は、痩《や》せた肩を強く抱いてしまった。

昴への不義理を感じて不自然に、晴から離れる。頼りなく泣く晴を腕は抱いていてやりたかったけれど、人のものだと達也は自分に言い聞かせた。

けれど達也の言葉に涙を拭《ぬぐ》いながら顔を上げて、晴が首を振る。

「これ以上昴を巻き込みたくない」

「……恋人だろ？」

「まだ十七だよ」

「そりゃ……だけどよ」

言われてもまだ十八の達也には、それがどうしても晴が昴を帰したい理由には足らなかった。確かに昴は子どもだけれど、十七だからと言われても昴も納得しないだろう。

沈黙を待ったかのように玄関の閉まる音が響いて、達也は晴から離れた。

台所に上がって晴を見据《みす》える昴に、扉は少し前から開いていたのだと知れる。

「バイト、見つかったか」

睨むように晴を見る昴が今にも手を上げそうに見えて、達也は気持ちを逸《そ》らすように尋ねた。

「……面接三つ行ったけど全部蹴られた。挨拶もろくにできねえようなやつ雇えねえってよ」

「そう簡単には見つかんねえさ」

「明日も探す」

「そうしろ。コンビニに飯買いに行こうぜ、昴」

もの言いたげな晴を今は置いて、達也が昴を引っ張り出す。

向き合わせておけばまた同じことで揉めるのは目に見えていた。

「俺金ねえよ」

渋々靴を履きながら、疲れたのか昴がぼやく。

「金なくたってメシ食わねえ訳に行かねえだろ。腹が減っては何とやらだ、貸しにしといてやるよ。一応俺月給取りだからよ」

ドアを閉めると、小さく晴の「いってらっしゃい」という声が聞こえた。

階段を下り始めていた昴は振り返らない。

「……なんか、泣いてたな」

団地を離れてから、ぽつりと昴は呟いた。

「あいつ、昨日っから俺の顔見ねえのに。おまえには泣くんだ？」

声は静かだけれど堪えられないのか、腹立たしげに昴のブーツが縁石を蹴る。

「晴は……全部自分と母親の問題だと、思ってんだろ。おまえはまだ高一で」

仕方なく達也は、ろくに言葉も見つからないまま口を開いた。

「今まで何不自由なく暮らしてたんだろ？　巻き込みたくねえんだよ」

言いながら何か少し、達也の喉元に引っ掛かる。晴は何もかもが不安そうだけれど、恋人を帰したい理由はそんなことなのだろうか。

「不自由ってなんだ」

クリスマス・イブに偶然会ったコンビニの明かりに近づいて、鼻先で昴は笑った。

「自由ってなんだよ。プラチナのカード持たされて、ヤクやろうが人殴ろうが金積んで高い弁護士雇って訳のわかんねえ私立に突っ込まれて」

ポケットの財布から何枚ものカードを昴は出して、無造作に二つに折るとそのままアスファルトに捨ててしまう。

「俺、確かに誰にも不自由なんてさせられてねえよ」

踏みにじったそれを、昴は振り返りもしなかった。

「だけど今だってお袋の声思い出せねえし」

笑った頬が、冷たいように達也には見えた。

「正面から見た顔だって、よくわかんねえ」

それはテレビで見た女優と良く似た瞳だったけれど、二人は他人なのだと知らされる。

言葉を見つけられずにいる達也の横で、昴はポケットからキーホルダーを出した。

重そうな家の鍵がついたそれと携帯を、コンビニのゴミ箱に昴が放り込む。

「これでもう、俺には晴だけだ」

言い捨てた昴に達也は、重荷に思う晴の顔が浮かんだ。

昴も気づいてはいる。晴は昴を、負い切れないままでいる。

「昴」

だからそうして昴も目に見えるものを捨てるのだ。

「だけど、おまえも晴も取り敢えず高校だけでも卒業して来たらどうだ。別に学歴とかそういうんじゃなくてよ」

はっきりと破綻《はたん》が映り始めた気がして、達也は口はばったい台詞《せりふ》を吐いた。

「晴が自分のこと責めるだろ。こっから先おまえがなんか苦労したときに」

コンビニに足を踏み入れて籠《かご》を取りながら、先を歩く昴に達也が告げる。

「苦労？」

「俺の友達とか中学しか出てねえやつとか山ほどいるけどよ、職人とかやってるやつはまあんま関係ねえっつってっけど。そんでもやっぱ、出ときゃ良かったって……一回は言うぞ。悔しい思いすることもあんだろ。晴だってそういうこと心配してんじゃねえのか」

遠いことのように、ぼんやりと昴は達也の話を聞いていた。

「……あいつ、本当に俺のことそんな風に好きなんかな」

ぽつりと、独り言のように昴が不意に言う。

「何言ってんだよ、いまさら」

肘で腕を弾いた達也に、それきり昴は口をきかなかった。


体は疲れているのに寝付けずに、達也《たつや》は寝返りを打った。

隣で眠っている晴《はる》の顔と、期せずして向き合う。カーテンの薄い部屋にはオレンジの街灯が入り込んで、薄い晴の瞼《まぶた》がはっきりと映った。

昨日、今日と、一日仕事を探していた昴《すばる》は、今日はまだ帰らない。晴は塞《ふさ》ぎ込んで、昴の苛《いら》立《だ》ちと焦りは高まり、三日でこの部屋はもう限界を迎えていた。

昨日は寝付けなかったという晴はさっきやっと眠ったようだけれど、瞼が青ざめているのが夜目にも映る。

「ん……」

無意識にその瞼に手を伸ばして、晴の声に、慌てて達也はそれを収めた。

身動きをしないでそれでも、晴は見る間に憔悴《しょうすい》している。帰った方がいいと口に出しては、昴と揉《も》めていた。達也が見ていなければ昴がすぐ手が出るのを止められない。

惑う指をもう一度伸ばして、朝昴が叩《たた》いた頬《ほお》を達也は静かに撫《な》でた。どうにもならない地獄から晴を連れ出したのは昴だが、晴は今幸福ではない。

酔っていたけれどこんな風にこの部屋でぼんやりとした明かりの中で、晴に幸せになって欲しいと思ったことを達也は思い出した。それを晴に齎《もたら》すのが自分でもいいのだけれどと、あのときは思った。昴の思いの強さに足を引いたけれど。

いい加減耳慣れてきた列車の発着所の音が響いて、もう終電の時間は過ぎたと達也は気づいた。

もしかしたらこのまま、昴は帰らないかもしれない。不意に、そんな風に思う。勢いで昴は晴の手を引いて駆け出したけれど、その行き先の準備が何もないのは明白で、迷いと焦りが日一日目に見えて昴を追い詰めている。

もしそうなら、捨てられた晴をどうしよう。

「……は、る」

頰を撫でたまま、達也が無意識にその名を呼んでもいらえはない。

帰らない昴の後を、晴は追わないだろう。イブの晩にはっきり達也の目に映ったはずの晴の昴への思いは、気鬱《きうつ》に飲み込まれて今は見えない。

足を、あのとき引かなければ良かったのだろうか。

一昨日、心細がって泣いた晴をしっかりと抱かなかったことを、右腕がいつまでも悔やんでいるような気がした。

「晴、昴は……」

もう昴は帰らないかもしれないと、その後をどうするとも決めぬまま告げようとした達也を、玄関の開く音が遮《さえぎ》る。

ちらと時計を見ると、終電から十分過ぎたばかりだ。昴が帰ったのだと知って達也は、一瞬全てを請け負おうとした手を、晴から引いた。

「……んだよ、寝てんのかよ」

明かりは点《つ》けず、上着を脱ぎながら晴の向こうに腰を下ろして昴が呟《つぶや》く。疲れ切った声に、酒が匂った。

「晴」

「……すば、る？　帰ったの」

背を向けて眠った振りをした達也の向こうで揺さぶられたのか、晴がぼんやりと目覚める。

「……帰んなきゃ、良かったみてえな口調だな」

「そんなこと……」

ない、と言いかけた晴の言葉が塞がれた。

「ん……っ、すば……る」

くぐもった晴の声が、何度も途切れる。

口づけぐらいなら見逃そうと、達也は仕方なく背を丸めた。

「だめ……っ、だめだよ……昴、昴……っ」

けれどキスだけで昴の行為は止む気配がない。

「おまえのお袋に邪魔されたままだろ」

「達也が」

「寝てるって」

「何言ってんの、そんなの」

「やらせろよ」

「……っ……」

声を潜《ひそ》めて、二人が達也の背の向こうで揉み合う。

こんなことなら寝た振りなどするのではなかったと、達也は眉根《まゆね》を寄せた。戯れのまま昴が手を引けば、わざとらしい咳払《せきばら》いをしたりして晴に気まずい思いをさせずとも済む。昴もそこまで子どもではないだろうと達也はそれを待ったが、昴は晴の肌を探るのをやめようとしない。

「あ……んっ、や……っ」

色の違う声を、不用意に晴は漏《も》らしてしまった。慌てて口を自分で塞ぐのが、気配で達也にもわかる。いつも一定のトーンで話す晴の掠《かす》れた喘《あえ》ぎに急に耳を触られて、達也は惑った。

「駄目だよ、昴、お願いだから……っ」

喉《のど》を反らせたような晴の声が、泣く。

「……どうせ、おまえ達也とだって」

低く落とされた昴の言いようを聞いて、何を思う間もなく足元の上掛けを達也は蹴《け》り飛ばした。

「昴！　ふざけんなよてめえっ」

長らくこんな風に怒鳴ることもなかったのに達也の腕は迷いなく昴の胸倉を摑《つか》み上げて、半分体を引き上げていた。

「達也……」

涙を落としながら晴が、シャツの前を搔《か》き合わせる。

「そうじゃねえのかよ!?　どうせおまえだって晴とやったんだろ!?　そうじゃなきゃなんでイブの日にだって……っ」

「そう思いたきゃ勝手に思っとけ!　おまえがいつまでもそんなガキみてえな真似しかできねんだったらっ」

勢い怒鳴って昴を床に叩《たた》きつけて、続きに達也は惑った。

何を言おうとしたのかと息を呑《の》んで晴を振り返ると、青ざめた頬で晴は白い肩を自分で抱いている。

「俺の方が、晴を大事にする」

見ていられないような痛ましい思いがして、達也は言いながら息を呑んだ。

「俺が晴を大事にすんぞ。いいのかそんでも」

答えを、昴に委《ゆだ》ねるように達也が言い放つ。昴を窘《たしな》める、試すような気持ちと、もう一つ自分でも摑みかねる揺らぐ思いとで。

「……おまえもなんか言えよ、晴」

色の褪《あ》せ始めた黒髪を掻き上げて、何故だか昴は不思議なほど静かに晴を見据《みす》えて言った。

「本当は俺なんかより達也の方がいいんだろが」

自棄《やけ》のようでもない昴の言葉に、晴は何故だかすぐに答えない。

ふっと、晴の肌が達也に寄った。右手が達也の足首に触れて、昴の問いを肯定するような仕草を晴が見せる。

息を呑んで、唇を噛《か》み締めて畳を蹴ると、昴は俯《うつむ》いて部屋を飛び出して行った。

「晴……?」

どういうことなのかと、戸惑《とまど》って達也が足元の晴を見つめる。屈《かが》んで瞳を覗《のぞ》くと、虚《うつ》ろな目はただ泣いていた。

晴は昴を、帰したいだけなのだ。

「……そういう、嘘《うそ》はよくねえだろ」

舌打ちして、達也が昴の捨てた上着を拾う。

「待ってよ達也」

「おまえらホントいい加減にしろっつの」

「いいんだよ。追わないでよ!」

「終電だってもう終わってんだぞ」

言い捨てて達也は、寒空の下にジャージで駆け出した。

電車もバスも終わって、足のない昴はそう遠くには行けない。

「……昴!」

夜中だと周囲を気遣うことも忘れて名前を呼びながら走ると、貨物列車の発着所の金網の下に座り込む男の影が見えた。

いや、男ではない。まだ少年の、痩《や》せた影だ。

「凍え死ぬぞ……ったく」

投げ捨てるように昴に上着を掛けて、自分も震えながら達也は隣に立った。

「……かまうんじゃねえよ」

「なんであんな言い方しかできねんだよ、おまえは」

「どうせもうおまえのもんなんだろ」

「だから」

膝《ひざ》を抱え込んでいる昴の腕を引いて、無理に達也が立たせる。

「ありゃ晴の嘘だ。おまえを帰してえんだよ、あいつは」

「おまえが、晴のこと大事にするって」

「おまえがしねえならっつっただろ?」

苛立って達也は、髪を掻き毟《むし》った。

「俺マジで、晴となんにもしてねえぞ。なんでそんなに疑りぶけえんだおまえは」

アスファルトに落ちた上着を拾って、ぼんやりと、昴は爪先を見ている。

「あいつ、俺の遊び仲間が連れて来たんだ」

呟いた昴の手から、上着が落ちた。

「乱交しようぜっつって、今おもしれーのと付き合っててっからやらしてやるよって。……最低だろ」

険しい顔で振り返った達也に、口の端を上げて酷《ひど》く荒《すさ》んだ顔で昴が笑う。

「泣きやがってさ、なんか萎《な》えて。俺そんな苦労してまで男となんかやりたくねえから、いいやっつってそんときはやんなかったけど」

「やめろよ。んな話聞きたくねえよ」

「でもなんか気になって、携帯聞き出して。何回目かに会ったときに、やってみてえっつったらあっさりいいよっつって」

「友達のんな話聞きたくねえっつってんだろ。気軽に人に話すんじゃねえよおまえもっ」

何もかもが腹立たしくて、強すぎる拳《こぶし》で達也は昴の肩を殴った。

「誰にだってやらすんだよ、晴は」

堪《こら》えられずに、左手で胸倉を摑んで達也が昴の頰を殴りつける。

「……っ……」

衝動で人を殴ったのは本当に久しぶりで、甲の痛みがそれを達也に教えた。感情に任せて手を上げることはもうないと思っていたけれど、抑えられない熱がまだ自分にもあったのだと知って戸惑う。

ガシャンと音を立てて体を金網に打ち付けた昴は、けれど殴られるのを待っていたように達也には見えた。

「いってえ……」

加減を忘れた達也の拳にそれでも笑って、昴がアスファルトに血を吐き捨てる。

「……そうじゃなきゃなんで俺なんかにやらすんだよ」

手の甲で血を拭《ぬぐ》って、昴は呻《うめ》くように聞いた。

「なんで俺なんかと付き合うんだ。こんなどうしようもねえ……おまえだって思っただろ⁉ なんで晴はこんな野郎と付き合ってんだって！」

血のついた右手が、何処《どこ》か縋《すが》るように達也の襟《えり》に摑みかかる。

両手で襟を引いて、けれどそれ以上力が入らずに昴は達也の肩に額を打ち付けた。

「……だけどあいつ、やさしいんだ」

撓《たわ》んだ昴の背が、弱々しく震えている。

「お袋のこと話したらさ……寝付くまで髪を撫でてくれたんだ。俺そんなことしてもらったことねえし」

襟から手を放して、昴は音を立てて金網に寄りかかった。

「殴ってもすぐ許してくれる」

「昴……」

「カッとなって叩いちまって、後から死ぬほど後悔してるって」

咎《とが》める達也の声に、わかっているとそんな風に早口に続けて。

「俺のこと、わかってくれるんだ」

昴は両手で顔を覆った。

「……好きなんだよ。俺あいつが、好きで、好きで」

いつも揺れているような声が初めて年相応になって、震える指の透き間から毀《こぼ》れる。

「でもそうすっとさ、あいつが今まで何人のやろーにやらしたのかとか、なんであんなヤク中の最低男と付き合ってたのかともう、頭に血が上って。目茶苦茶に抱いたり、殴ったり」

強ばる昴の肩に、そっと、掌《てのひら》で達也は触れた。

「昴……なあ、もう絶対に叩くな」

肩を揺するようにして、強く言い聞かせる。

「晴だっておまえだって傷つく。堪えろ」

だが昴はすぐに、頷《うなず》こうとはしなかった。

「……晴は俺のだ」

不意に顔を上げて、昴が達也を睨《にら》む。

「でもそうじゃねえのかもしんねえって思うと」

けれど目は、すぐに弱く力を無くした。

「不安で、堪えられねえよ」

十七の少年の目は荒みながら変に澄んで、たった一つしか違わないのに達也をやり切れない気持ちにさせる。

「もう少し……大人になるまで待ったらどうだ」

「……あいつはもうあの母親のとこには絶対帰さねえ」

それだけは強く言って、昴は拳で金網を叩いた。

「なら、俺が……預かっとくから。あいつだってガキじゃねえんだし」

「そしたらおまえの方がよくなるに決まってる」

聞かず、昴が闇雲に首を振る。

「まだそんなこと言うのかよ」

「本当はおまえがいいんだ晴は。そうだろ？」

声を荒らげられても、達也にはそうまで疑われる理由がわからない。

「俺にはしねえような話なんでも、おまえにばっか」

酷く子どもじみた横顔で、頼りない口を昴はきいた。

溜息《ためいき》をついて、達也が昴の額を弾く。

「……友達、いたことねえのかよ。おまえ」

問いかけに、昴こそが意味を問うように顔を上げた。

「彼氏にはできねえ話、友達にすんのなんか普通のことだろ」

「なんで俺にはできねえんだよ」

「おまえだってあんだろ。晴には言えねえこと……そんなこと言って晴には心配かけたくねえとか、自分のせいだとか思ってもらいたくねえとか。あんだろそんな話も」

教えられて、昴が少しだけわかったような顔をする。

けれど昴にはそんな話を聞かせる相手がいないのだということは、問わずとも達也にもわかった。

「……俺一応」

口はばったさに頭を掻きながら、星の見えない空を達也が仰ぐ。

「おまえのこともう、友達だと、思ってんぞ」

全くこんなの柄じゃないと思ったが、気まずいながらも達也は告げた。

眉を寄せて、昴は足元を見ている。

「なんか、言ってみろ。ん？」

それでも昴の口元が揺らぐのを見つけて、達也は肘《ひじ》で昴の肩を弾いた。

長いこと昴の唇が、下を向いたまま迷っている。

「……自信ね」

小さくぽつりと、昴は足元に呟いた。

「何が」

続かない言葉に、根気よく達也が先を問う。

「俺あいつのこと、おまえと喋《しゃべ》ってるときみてーに、おまえんちに……おまえんちで父ちゃんや母ちゃんと喋ってるときみてーに」

拙《つたな》い言葉で、昴は胸のうちを繋《つな》げようと足掻《あが》いた。

「いつも笑わせてやりたい」

消え入りそうな声が、強い思いを打ち明ける。

「だけど自信ねえよ。俺全然、わかんねえもんなんにも」

「……そんだけわかってりゃ、上等だろ」

少し低いところにある昴の髪を、機械油の落ちない指で達也はくしゃくしゃにしてやった。

「もっと大事にすりゃいい。好きならできんだろ?」

嫌がって頭を避けた昴に、達也が笑う。

「……大事になんて」

一瞬眩《まぶ》しそうに、昴は達也の顔を見た。

「誰のこともしたことねえし、やり方がわかんね」

「されたら嬉《うれ》しいようにしてやりゃいいんだよ」

「……難しいよ。俺には」

頭を抱えて、昴が金網に背を添わせて座り込む。

夜中でもかまわず行き来する貨物列車が、大きく線路を軋《きし》ませた。列車が走り去ると街灯の下は不意にしんと静まって、頼りない足音が妙に響いた。

「嘘つきが、来たぞ」

ほとんど寝間着のような姿で裸足にサンダルを履いた晴が、一枚だけ上着を摑んで歩いてくるのを達也が指す。

怖ず怖ずと、昴は顔を上げた。

手前で立ち止まり言葉が見つからないまま、晴は立ち尽くしている。

「おまえが好きで好きでどうしようもねえって、泣いてんぞ。昴」

「やめろバカ」

軽口をきいた達也に、昴が歯を剝《む》いて肘打ちをした。

「人のこと当て馬にしてんじゃねえよ。嘘ついてごめんって、昴と俺に謝れ」

指先に晴が摑んでいる上着を取って、晴の肩に掛けてやりながら達也が愚痴《ぐち》る。

すぐに言葉が出ずに、晴は屈んでいる昴を見つめて唇を嚙んでいた。

「マジで達也の方がいいんだったら」

俯いたまま昴が、掠れた声を漏らす。

「俺」

それきり途切れた言葉の先を聞いていられなくて、衝動でか晴が歩道に膝をついた。

まるで母親がするような仕草で、顔を上げない昴の髪を胸に抱いてしまう。

肩を竦《すく》めて、見ない振りをして達也はポケットに煙草《たばこ》を探った。

——俺が晴を大事にすんぞ。いいのかそんでも。

もう埋もれてしまった言葉が、達也の耳にだけふと戻る。どんな気持ちだったのかはもう考えまいと、達也は胸の底にそれをしまいこんだ。

「いつまでも甘えてんな、ガキみてえに」

そっぽを向いたまま昴の腰を蹴って、達也が煙草に火をつける。

「……うちの、親父のとこでしばらく働くか、昴。親父、朝人手が欲しいようなこと抜かしてたからよ。たいして給料なんか貰《もら》えねえだろうけど」

気まずそうに顔を上げた昴に箱ごと煙草を投げてやって、達也は溜息のように煙を吐いた。

「きついし親父ムカつくけどな、ちっと仕込んでもらえ仕事。それこそ十八になりゃ、他に求人だって結構あるしよ」

「……いいのかよ」

「つうか俺はあんな朝はえー仕事したくねえけど。おまえも続かねえと思ったらすぐやめていいんだぞ」

期待されるようなことでも感謝されるようなことでもないと、達也が肩を竦める。

「……昴、達也のお父さんとお母さん好きだから。通わせてもらったら」

迷う昴の肩に触れて、何処か有り難そうに晴が言った。少しの間でも達也の家庭に昴を触れさせてもらえるのを、酷く晴が喜んでいるのが知れてそれが達也には切ない。頷けないでいる昴も、何か大きな期待をしている。

自分には当たり前の、鬱陶しくさえある日常なのにと、それでも達也は胸に湧《わ》いた憐れみを決して二人には見せまいと無理に笑った。

「工場で原付き借りてくっから、それで通え。電車動き出すような時間じゃねえから、仕入れ。……つうか、おまえ免許」

はたと、車のエンジンも掛けてもらったが昴がバイクの免許も持ってるかどうか怪しいことに達也が気づく。

「運転は、できんだけど」

「……自転車で通え、自転車で」

呆《あき》れて頭を小突いた達也に、不満そうに昴は口を尖《とが》らせた。

憂いが薄れた瞳で、幸いそうに晴は笑っている。

気づかれないように一度だけ溜息をついて、戻ろうと、達也は二人の背を押した。

内心続かないだろうと達也《たつや》は思っていたのに、昴《すばる》は早朝から夕方まで『魚藤《うおふじ》』に通って文句を言いながらも働いていた。達也の父親も母親も口の悪い昴を叱《しか》りながらもかわいがって、大人にかわいがられることに慣れない昴は臆しながら酷く嬉しそうだった。

疲れ果てて夜は倒れながらもきちんと夜明け前に起きてと、もう一週間になる。

「おまえの学校の方も、なんとかしねえとな」

工場の仕事が早く引けて給料が出たので二人に何か奢《おご》ってやるかと、達也は昴を迎えがてら晴《はる》と白髭《しらひげ》橋を渡った。

「うん……俺だけいつまでもぼんやりしてられないね」

何もかもが無理だと思い込んでいた晴は、事が動いて行くのにまだ惑っているようなところもある。

「お袋さんと、まともに話し合う気にはなれねえのか？　家出てえって」

それを問うと、何も答えられず晴は俯いた。

恐怖心さえ頬に映って、言葉もなく達也は晴の背に手を置くほかない。

「でも……達也、本当にありがとう」

「何が」

不意に礼を言われて、意味がわからず達也は背を窄《すぼ》めた。

「昴のこと。俺、昴があのままでいいとは思わなかったけど」

目を伏せて晴は、切なそうに眉を寄せる。

「どうにもなんないことだって、思ってたから」

「黙って殴られてやるぐらいしかねえって？」

責めた達也の声に、小さく晴は苦笑した。

「……幸せになって欲しいけど、俺には何もしてあげられないとは、思ってた。実際、その通りなんだけど」

「何言ってんだ。おまえに会っただけであいつは随分変わったんだと思うよ、俺は」

「そんなこと」

「わかんねえのかよ？　昴も報われねえな」

晴が好きで、好きでと泣いていた昴を思って、達也は溜息をついた。

「昴、達也のお父さんと働くのすごく楽しそう」

晴は晴で、そんな昴のことを自分のことのように喜んでいる。

「あんな風に余所《よそ》の子、自分の子どもと変わりなく接してくれる人なんていないよ」

「ありがてーかよ、小突かれたり怒鳴られたりして」

「有り難いよ。そしたらお母さんが庇《かば》ってくれて、ちっちゃい子どもみたいな顔して昴甘えてる。達也のお父さんとお母さんに」

いつそんな様を見たのか、酷《いと》く愛しそうに晴は微笑《ほほえ》んだ。

「そんなんこっちがありがてーっつの。魚屋あいつにくれてやってもいいぞ、俺」

半ば本気で言いながら、商店街への道を曲がる。

当たり前のことと自分が思っていたことを、当たり前に与えられなかった人間がいる。

前にも達也は、そんな友人を目の当たりにしてやり切れなくすまないような思いをしたことを思い出した。最初から思っていたことだけれど、彼らはよく似ている。

「俺……あいつによく似たやつ、知ってる。昴の方が全然ガキだけどよ」

昴に似た勇太《ゆうた》は、けれど苦しんで今は、与えられなかった自分から逃れたように達也には見えた。

傍で見ていただけだったけれど、それは並大抵の力では逃れられるものではなかった気がする。

勇太には腕を引くものがあった。日の当たる方へ、幸いの方へ、手を引く真弓《まゆみ》が。

傍らで昴の幸いを嚙み締めている晴を、達也は見つめた。

「いっつも人のことばっかだな、おまえは」

昴の手を取り続ける力が、晴にはあるのだろうか。晴を幸いの方へ引くことが、今の昴に、できるのだろうか。

不安ばかりだけれど今だけは達也も、明るい気持ちで二人を見られるような気がしていた。

ずっと二人の間にかけらもなかったものが、微《かす》かに生まれている。

希望という芽が。

「そんな人間じゃないよ、俺」

困ったように首を振った晴の髪を、大仰に達也はくしゃくしゃにした。

「晴はいい子だって」

やわらかい髪を乱されて、投げかけられた言葉に微かに晴がはにかむ。

「うちのお袋もいっつも言ってんぞ」

「何触ってんだテメ」

いつの間に家の前まで来ていたのか、丁度路地裏から出て来た昴がその様を見つけて達也の尻を思い切り蹴った。

「いってえっ。……どんどん了見が狭くなんな、おめーも」

タオルで髪を纏《まと》めた昴に睨まれて、尻を摩《さす》りながら達也が肩を竦める。

「昴！　ちゃんと洗えっつってんだろケース！」

店の奥から、遠慮のない声が昴に投げられた。

「水が冷たくってやってらんねえよちくしょうっ」

文句を言いながら昴が、それでも奥へ戻って行く。

「よくやるよ……」

呆れる半分感心して呟いた達也に、晴が笑った。

「なによあんた、来たの」

店の中からは母親が出て来て、達也を見つけて気のない声を聞かせる。

「もういらねえみてえな口調だな……」

さすがに母親のその感慨の無さに、達也も拗《す》ねた口をききたくなった。

「だってあんた居たって無口だしすぐお父さんと喧嘩《けんか》するし。晴ちゃん夕飯食べてく？　昴がハンバーグ食べたいって言うからさ、魚で作ってやろうかと思ったんだけどたまには肉もいいかなって」

見ると母親は、財布を持って買い物に出るところだった。

「そんなに甘やかしてやることねえだろ!?　俺うちで肉なんかほっとんど食ったことねえぞ！」

子どものころから朝昼晩と店の残り物の魚を有無を言わせず食べさせられた達也が、その差別待遇に歯を剝く。

「いいじゃないのよ」

手を振って母親は笑って、それからふっと、切なそうに店の奥を振り返った。

「……人に甘えたことなんかないんだよ、あの子。ちょっとのことで子犬みたいに喜んでさ」

小さな子どもを見るように、やり切れなく眉間《みけん》が寄る。

「おばさん」

掠れた声を、晴がようよう漏らした。

「本当に……ありがとうございます」

深く頭を下げた晴に、慌てて母親が大きく手を振る。

「ちょっとよしてよ晴ちゃん」

「お袋、その肉俺らにも振る舞ってくれんだろーな」

腕を取って晴の頭を上げさせて、達也は笑った。

「あんたイワシのハンバーグじゃ駄目？」

「駄目だ！」

騒ぐ声が騒々しく、往来を賑《にぎ》わす。

何か遠くの幸いを見るような晴の瞳が、騒ぎながら達也には気にかかったけれど。

「すっげー食った！」

夕飯を終えて『魚藤《うおふじ》』を出て、昴《すばる》が自転車を引きながら腹を摩るのを見て、達也《たつや》と晴《はる》は笑った。

夜の早い商店街は、いくつかの居酒屋を除いて皆閉まっている。

「食い過ぎなんだよおめーは。ちったあ遠慮しろっつの」

「いいじゃん。おまえの母ちゃん、達也より俺の方がかわいいって言ったぞ」

頭を小突いた達也にはしゃいで、昴は得意げに達也を振り返った。

「言った！　な、聞いたろ晴も」

「はは……」

笑って、何か言おうとした晴がふと、口を噤《つぐ》む。

「なんだよ」

立ち止まって何処かぼんやりとしている晴を、不安そうに昴が振り返った。

「……何も。なんか」

自転車を摑んでいる昴の肘に、晴の指が掛かる。

「昴、ちっちゃい子みたいだよ」

「んだよそれ」

拗ねて、ぷいと昴は横を向いた。

「かわいいよ」

「あーのー、ここにチョンガーがいるんですけどお」

あからさまな晴の愛情に呆れて、伸びをしながら達也が口を挟む。けれど少し、晴の横顔に憂鬱が映るのが気にかかった。思えばずっと、晴は笑っていたかと思うとそんな目をしている。

「妬《や》いてろバーカ」

憎らしく笑った昴の自転車の先を、不意に、この商店街にはまるで不似合いな黒い外車が遮った。

「んだよこの車……」

道を塞がれて三人は、足を止めるほかなく立ち尽くす。

止まったままの車の中からいきなり、スーツ姿の中年の男と、体格のいい若い男が三人降りて来た。

「な……っ、何すんだよっ」

若い男が物も言わず昴の腕を両側から捕らえて、昴の自転車が倒れる。

「放せ！」

「おい……なんだよあんたらっ」

足掻く昴が引きずられそうになるのに、慌てて達也が手を出した。その達也を別の男が押さえにかかる。

「私は昴さんのお母様からご依頼を受けた弁護士事務所のものです」

物腰だけは丁寧に、男が達也と晴を一瞥《いちべつ》して懐から名刺を取り出した。

「ご依頼……？　迎えに来んならその母親が出て来いよ。放せっ、この！」

渡された名刺を道に叩きつけ、車に押し込まれそうになる昴の腕を、必死で達也が引き戻す。

晴は立ち尽くして、ただその様を見ていた。

「お母様は昴さんをカナダのご親戚に預けられるそうです」

「はあ!? 俺は行かねえぞっ。そんなこと勝手に……っ」

「田宮《たみや》晴さんですね?」

歯を剥いた昴の言い分を聞かずに、男が晴に向き直る。

「……はい」

「あなたの親御さんを脅迫で訴える準備があります」

「な……っ、ふっざけんなよてめえ!」

摑まれた腕を振り切るようにして、昴は叫んだ。

「昴さんを現在匿《かくま》っておられる『魚藤』の方も、未成年者略取で訴えることができます。このまま昴さんが帰らなければの話ですが、全ては」

「……っ……」

今度は達也を見て男が言うのに、昴が息を呑む。

「汚ねえぞてめ……うちは、うちはかまわねえよ! 親父にもお袋にも、このまま昴を帰したって方が俺は顔向けができねえっ」

一瞬躊躇《ためら》ったけれどきっと父も母もわかってくれると、達也は昴の腕を摑んで啖呵《たんか》を切った。

だが昴はもう抗《あらが》う腕に力が籠《こ》もらず、引きずられるままに車のドアが開く。

「昴！　いいからこっちに来いっ。晴も……何ぼけっと見てんだよ!!」

手を伸ばそうとする達也を、男が振り払った。

半分車に体を押し込まれて、屋根に肘を掛けて昴が晴を振り返る。

動かずに何も言わずにいる晴を見つめて、昴は唇を噛んだ。

「……無理だって、駄目だって思うんだな。おまえ」

問うような昴の声が、晴に届かない。

「しょうがねえよな、俺なんかじゃ」

俯いて、小さく昴は苦笑した。

「……達也!!」

車の中から誰かに腕を引かれて、不意に、喉を切るような声で昴が達也を呼ぶ。

「頼むから晴を絶対っ、絶対家に帰さないでくれよ……っ」

閉まりかけたドアから無理に手を出して、昴は顔を見せた。

「おまえにやるから」

達也を見て、いつでも尖っている瞳から昴が涙を落とす。

「だから晴を母親に帰さないでくれ……っ」

胸を裂くような声で、昴は叫んだ。

その声だけが闇に残って、車のドアが閉まる。

「待てよっ、おい!!」

達也を押さえていた男も車に乗り込んで、無理な切り返しで走りだそうとする車体に、駆け寄って達也はしがみついた。

「待てって、昴……昴降りろっ」

「危ないよ達也っ」

そのまま車に引きずられそうになった達也の腰に、晴が摑まる。

車に振り切られて二人は、商店街のアスファルトに転がった。

瞬く間に黒塗りの車は角を曲がって、音も聞こえない遠くに走り去って行く。

それでも立ち上がって追おうとした達也の腕を、晴が摑んだ。

「……もう、いい」

「もういいって……っ」

俯いて首を振る晴に、カッとなって達也が声を荒らげる。

「おまえ、昴が楽しそうだって！　ありがとうっつって喜んでただろ!?　なんで少しも止めなかったんだよっ。あいつはおまえのこと……っ」

「止めたって」

力無く、達也の腕を取ったまま晴の膝が道についた。

「俺も昴も、達也んちの子になれる訳じゃない」

立ち上がることのできない晴の前に、手を引かれるまま達也も屈み込む。

「少しの間の、夢だったんだよ」

はしゃぐ昴の傍らで晴は、終わりを見ていたのだと達也に教えた。

「興信所だの弁護士だのに頼んで子どものことどうにかしようとするような人間が、本当は俺と昴の親で」

自分と、その肉親とを蔑《さげす》んで晴が疲れ切ったように笑う。

「それはもう、どうしようもないことなんだ。また、二人きりになったら」

傾いた肩は崩れそうで、達也は晴を支えてやるほかなかった。

「俺には昴を幸せにはできない」

大事にすることが自分には難しいと、頭を抱えた昴の横顔が、晴のそれと重なる。

「まだ十七の昴を、ただ目茶苦茶にしちゃうだけだよ」

別れをいつから晴は覚悟していたのか、達也の腕の中で俯いたまま泣くこともせずに、いた。

迷惑をかけるから帰ると言う晴《はる》を、無理に、達也《たつや》は部屋に引き留めた。嘘をついても仕方がないと、両親には昴《すばる》が母親の代理人に連れて行かれたことを正直に告げた。どうにもならないのかと母親は達也に聞き、父親は溜息をついて酒を飲んだ。

目を離せば晴は何処かにいなくなってしまいそうで、不審に思われながらも達也は仕事先まで連れて行った。

「俺もここで働けないかな」

皆が忙しなく働いているのに自分だけ所在無く達也の手元を見ているのがさすがに気まずいのか、辺りを見回して晴が口を開いた。

「向き不向きってもんがあんだろ。無理に今すぐどうこうって、考えんなよ」

「……やさしいね、達也。なんで？」

膝を抱えて、薄着の晴が苦笑する。

「昴に頼まれたから？　気にしなくて、いいのに」

作業用のヤッケを脱いで、達也は晴の肩に放った。

「おまえが男に捨てられたら慰めんのが俺の役目でしょ、いつも」

冗談めかして言った達也に、晴が小さく笑う。

不意に、達也と晴の前に温かい缶コーヒーが二つ置かれた。

「……清子《せいこ》」

顔を上げると清子が、相変わらずスパナ片手に達也を見下ろしている。ちらと清子は、皆が気にしている場にまるでそぐわない晴の姿を見た。

「悪い。みんな気になんのわかってんだけど……迷惑はかけねえから」

職場に友達を連れて来ていることが非常識だということぐらいは達也もわかっていて、小声で言って頭を下げる。

「なんか、よっぽどの訳あるんでしょ。あんたこういうことしないじゃん、本当は」

自分の分のコーヒーを、清子は開けた。

「それとも友達は別なのかな。どっちにしろ気にしなさんな、迷惑なんてことはないから」

煙草を噛みながら、清子が自分の持ち場に戻って行く。

「もしかして元カノ?」

貰ったコーヒーを指先に取って、晴が聞いた。

肩を竦めて達也が頷く。

「いいひとだね」

「いい女って言ってやって。だからこそ俺振られたんだけどな」

「もったいないよ、お互いに」

やり直したらと、小さく晴は言った。

こんな時にまで人のことかと呆れて、達也は答えない。

「……学校、留年の告知出てたぞ」

絶対に何処にも行くなと言い置いて午前中行って来た学校でのことを、達也は告げた。

「推薦もパーだね」

「大学、もういいのか？」

肩を竦めた晴に、達也が尋ねる。

「元々、何も自分の意志なんかじゃなかったから」

他人事《ひとごと》のように、晴は髪を掻き上げた。何もかも晴のことが、晴自身から遠くに離れて行くように映る。それを引き留めるすべはないのかと、達也は髪を引いている晴の手を無意識に解いた。

「ならなんか、ゆっくり探せよ仕事。俺のとこ、ずっといていいからさ」

「だけど」

「俺は何も、迷惑じゃねえよ。言ってんだろ、何度も」

言いながら達也が、手元のボルトをきつく締める。

どうにもならないのかと言った母親に、達也は何も答えられなかった。

幼い昴の抑え切れない強すぎる思いと、ぶつけられても抱き締めることしかできない晴と。

あのまま夢のように昴と晴が暮らせればいいと思いながら、達也も、叶《かな》わないことだと何処かで思ってはいたのかもしれない。

――頼むから晴を絶対っ、絶対家に帰さないでくれよ……っ。

泣いて、それでも昴は必死に晴の幸せのことだけを、思っていたけれど。

「このまま……マジで俺と暮らすか、晴」

どんなに思い合っても、幸いには遠い恋が、あるのかもしれない。

「何、言ってんの」

「昴から俺、貰っちまっただろ。おまえのこと」

「真に受けて」

冗談めかして言った達也に、晴も冗談のように笑った。

それきり、続きは継がれない。

けれど痛ましく身を縮めている晴と終日そうしていることは、達也にはもう少しも苦でなかった。自分からは昴の事を決して口にしない晴は、己の決め事を守って恋人を忘れようとしている。なら自分もそれを見守るだけだと、達也は思った。

「メシでも食って帰っか」

一仕事済んでそろそろ終業の時間だと、達也が腰を上げる。

「……達也、ちょっと。お客さん」

伸びをしたところで清子に呼ばれて、ぼうっとしている晴を振り返りながら事務所の方に達也は歩いた。場にそぐわないコートが油に汚れているのが気になる。何か安い服でも買ってやろうかと工場を出て、そこに母親が立っているのに驚いて達也は足を止めた。

「お袋……どしたんだよいきなり」

「商い物余ったからさ。これ、南蛮漬けと唐揚げ。白飯はコンビニででも買いな」

大きな風呂敷を達也に押し付けて、ちらと、母親が工場の中を見る。

「晴ちゃん、やっぱりずっとあんたのとこにいたんだね」

「ああ……そうだけど」

振り返った達也は晴と目が合って、良い話の予感はせず母親を工場の裏手に押した。

「なんかあった？」

「……毎日、いらっしゃるんだよ。晴ちゃんのお母さん」

困り果てたというように、母親が溜息をつく。

「最初は昴ちゃんのとこ探してたみたいなんだけどね、おまえといるところを見た人がいるって言って」

「悪い……迷惑かけて。でもよ」

「わかってるよ、あんた帰したくないんだろ？」

思いがけず母親にそんなことを言われて、達也は息を呑んだ。

「普通じゃないんだよ。店先でね、晴ちゃんのことも随分酷く言うんだ。子どもと自分の区別が、つかないんだね。あれじゃあ晴ちゃんは何一つ自分の思いどおりになんかできないだろ」

晴を気の毒がって、大きな溜息を母親が聞かせる。

「だけどそんなんじゃ店の方も迷惑だろ」

「お客さんはいつも変わんない顔だからね、そんなに困りゃしないけど。お父さんが毎日怒っちゃって、血圧が心配だよ」

手を振ってたいしたことではないと、母親は笑ってくれた。

「あんたの居場所もあたしたちはもうわかんないって言っておいたから、当分帰ってくるんじゃないよ」

「ああ。でもお袋」

「あたしらのことはなんにも気にしなくていいから」

どんな迷惑をかけるかわからないと言おうとした達也を、強く母親が遮る。

「あんたは外に出した子だし、晴ちゃんだってもう子どもじゃないんだ。あんたたちの気の済むようになさい」

あまり聞かないきっぱりした母親の口調に、驚いて達也は立ち尽くした。

「だけど自分たちだけでどうにもなんないことがあったら、帰って来るんだよ。あたしはね、晴ちゃんのことうちに置いたっていいぐらいに思ってるよ」

「なんでそこまで……」

「あんたみたいに伸び伸び育ったガキ見てるとね」

そうまで親身になってくれるとは正直思っていなかった達也の頭を、母親が平手で叩く。

「たまんないんだよ、昴ちゃんや晴ちゃんみたいな子を見るのは」

結局昴に何もしてやれなかったと、母親はそのことを酷く悔やんでいるようだった。

「……ありがと、な」

手を振って去って行く母親に、風呂敷を抱えたまま達也は頭を下げるほかない。

まともな親に育てられたことを、ただ感謝するほかなかった。

戻ろうと工場へ向かって、入り口に晴が立っているのに足を止める。

「おばさん……いらしてたね」

「売り物が余ったんだってよ。予定変更だな、部屋でメシだ」

外を照らす電灯の下で青ざめて見える頬を弾いて、達也は晴の肩を抱いた。

「飲むもんがねえな」

貰った弁当を飯台の上に置いて、そういえば言われた白飯も買わなかったことに達也《たつや》は気づいた。

「……俺、行って来ようか。コンビニ」

工場からずっと口をきかなかった晴《はる》が、脱ぎかけたコートを取ってそんなことを言う。

「いや……俺が行ってくるわ。ちっと待ってて」

顔を上げない晴の様が気にかかって、達也は手を振って上着を着直した。

「そう」と、呟く晴の声を聞いて、部屋を出る。

踊り場から階段を一歩降りて、ポケットの携帯が振動するのに気づいて達也は足を止めた。

「もしもし」

仕事場で音を切ったままにしていたのを忘れていたと、着信も見ずに電話を取る。

電話の向こうからは、ザア、と公衆電話のような雑音が聞こえた。引っ切りなしのアナウンスが耳についたが、電話の相手は無言だ。

「……昴《すばる》か?」

長いこと声を待って、半ば確信して達也は小声で聞いた。

いらえは返らない。

随分と間を空けて掠れた声が最初に、晴は、と、言った。

「……俺の部屋にいる。約束、破ってねえよ。帰さねえから。おまえはどうしてんだ。今何処だよ」

畳みかけるように聞いた達也に、また昴が沈黙する。

三時間後の飛行機を待ってる、母親に籍を抜かれた、外国にやられるらしいと、他人事のように繋がらない言葉が吐かれた。

「いいのかよ……おまえそれで。晴に、替わるか」

いい、と。昴は言った。

もうどうしようもない。元々無力で、結局何もできやしない。おまえの言うとおりだ俺はまだ子どもで、だけどおまえの親父とお袋にはごめんぐらい言いたかった世話になったって言ってくれよと。

笑おうとして、昴の声が泣いた。

頭を抱えて体を丸める昴の姿が見えるようで、達也は堪らなかった。

そうだ、イブにおまえに買ってもらったカードなんだこれ。

ふと思い出したように、何かそれが楽しいことだったかのように昴は言って、一つだけ賭《か》けるような願い事を息も継がずに押し殺した声で達也に告げる。

不意に、電話は切れた。

カードが終わったのだ。

「昴……」

呼びかけても携帯は不通音を聞かせるだけで、達也は頭を抱えて階段に座り込んだ。

もし、もしおまえがいいと思うなら。

迷いが弱く細らせた声だった。

もう俺が晴を叩かないと、俺にももしかしたら晴を幸せにしてやることができると、もしおまえが信じられるなら。晴を連れて空港に来てくれ。

縋るような昴の声を、どうしたらいいのかわからずに達也はただ耳に籠もらせた。

連れてこなくてもおまえを恨んだりしない、その代わり晴はおまえに頼むから。

頼むからと、二度昴は言ってそこで電話は切れた。

二人が、昴と晴が幸いに寄り添っていられるなら、達也もそれを望まないはずはない。けれどどうやってかあらゆる呪縛《じゅばく》から逃れて、誰の目も届かないそんな場所で昴は、また焦燥に捕まりはしないだろうか。晴を信じ切れず、声を荒らげ手を上げはしないか。

——まだ十七の昴を、ただ目茶苦茶にしちゃうだけだよ。

それこそがきっと、晴が恐れたことでもあるのに。

ふと達也の背に、空気が動いて触った。

「達也……」

振り返るとコートを着込んだ晴が、階段に座る達也を見つけて息を呑んでいる。

「何処に……行くつもりだよ」

「やっぱり一緒に、コンビニ、行こうかって」

眉を寄せて聞いた達也に、晴の頬が無理に笑った。途切れ途切れの言葉が、あからさまな嘘を教えている。

きつく腕を摑んで、達也は部屋の中に晴を押し込んだ。

「お袋の話、聞いてたんだなおまえ」

壁に肩を押し付けた達也の目を、薄暗い部屋の中でも見られずに晴は俯いている。

「聞いて、そんで何処行こうって言うんだよ。行くとこなんか」

「帰るよ、俺」

俯いたまま、晴は笑った。

「……晴」

「帰る。大丈夫だから」

「何が大丈夫なんだよ！　昴が連れ出してくれなかったら母親のことどうしてたかわかんねえって、言ったろおまえっ」

「だってこれ以上達也にも達也のお父さんやお母さんにも迷惑かけられないよ！」

荒らげるのに慣れていない晴の声が、詰まって掠れる。

「何……言ったんだろうお母さん、達也のとこで。何するかわかんないよ、本当に。ちょっとおかしいんだ、お父さんと別れてから」

母親のことを語ろうとする晴の唇が、ひきつれて戦慄《わなな》いた。

髪を搔いた指が爪を立てて、晴の瞳が彷徨《さまよ》う。

「ううん、おかしいのは俺の方なのかも。精神科、連れてかれたんだ。向こういるとき、男と付き合ってんのばれてさ」

いつもやわらかい晴の声が上ずって、ぎりぎりの均衡を保っていた晴の心が正気を保てなくなりかけているのが達也にも知れた。

「……晴」

「こんなとこ居るからだって、お母さんとお父さん揉めて、離婚してこっち戻って来て。それから」

冷たい白い晴の頬に、必死で、達也が触れる。

「触るんだ、やたら。俺に」

気づかずに、目を見開いたまま晴は自分でも気づかないのだろう涙を落とした。

「なんか……痴漢みたいに、触るんだよ。わかんない俺がそう感じるだけなのかもしれない。親がそんなことするはずないよね……やっぱり俺がおかしいのかもしれないだけど」

「晴」

「わかってる……俺のことお母さんが本当に大事なのもわかってるんだ」

達也が呼んでも、晴の心は遠くに引きずられて帰らない。

「でも時々本気で、死んで欲しいって」

「もういい……っ、晴」

他にどうしてやることもできずに、達也は晴を掻き抱いた。

痩せた、何に抗うこともできない体を抱きしめて、晴がその身を縮めて消えてなくなろうとするのを見るたびに自分はこうして抱いてやりたかったのかもしれないと、達也は思った。

「達也……？」

きつく抱かれてようやく、晴の心が戻る。

「帰るな。帰さねえよ、もう絶対」

髪を抱いて頬を寄せて言いながら、いつか、何処かで聞いた言葉だと達也は思った。

ぼんやりと薄闇に晴が、達也を見上げる。

涙で濡《ぬ》れた唇に、もう迷うことなく、達也は唇を押し当てていた。慣れない口づけをそれでも、ただ深める。

「おまえのこと、俺が……」

イブの晩と同じに、白い指が達也を押し返した。

「俺が貰っていいか」

昴に聞くような気持ちで、達也が問う。

惑って、晴は首を振った。聞かずに、もっと深く達也が晴の髪に指を絡める。もう一度口づけると足が縺《もつ》れて、靴を履いたまま二人は玄関の上がり場に倒れ込んだ。

「駄目だよ達也、俺なんかに触っちゃ駄目だ」

白い晴の手が、達也の肩を止める。

「なんで」

その指を取って、達也は額を合わせた。

瞼に不器用に口づけて、ごめんなと、胸の内で達也は昴に謝った。

晴を、空港に連れては行けない。

明るい方に引く人間が、晴には必要だ。昴と晴は似過ぎている。昴には、無理だ。どんなに思い合っても、二人はうまくはいかない。

「俺、おまえと寝ても後悔なんかしねえよ。もちろんそりゃ、おまえがいいならだけど」

何を晴が案じているのかわかって、頬を、ぎこちなくだけれど達也は撫でた。

「おまえが好きだよ。そういう、おまえのやさしい気持ちがすげえ好きだ」

いつからどんな風に育っていたのか、声にするとそれが素直な思いだと達也にもはっきりと知れる。何よりそれを、晴に教えたかった。いつも身を縮めるように自分を隠して、消してしまおうとさえする晴に、好きだと達也は言いたかった。

「大事に、すっから」

腕の中に納まってしまう晴の肌の頼りなさに、一瞬だけ達也が腕を緩める。

「俺にしとけ……な?」

答えを、達也は待った。

強引に自分のものにしてしまうことなどできはしない。それでも叶うのなら晴を今抱きたかった。そのやさしさがどんな風に愛されるべきなのかもし自分に、伝えられるのなら。

「……昴のこと」

目を閉じて、晴は一度だけとそんな風にその名を口にした。

「忘れ……」

忘れると言ったのか、忘れさせて欲しいと言ったのか、口づけに続きは途切れて達也は聞かなかった。いずれにしろ答えは同じだと、そうわかったので。

何を思うこともできずに、達也は晴の肌を探った。誰が触れたよりもやさしくしてやりたかった。今まで晴に与えられなかったものを全部、埋めたかった。

「晴」

何度も、名前を呼んだ。

堅い指で頬を撫で肩を触って。首筋に鎖骨に、口づけて。

「は、る……」

抱きしめるたび、いとおしくなった。

けれど深く触れるほど二人の熱が、遠く離れて行く。

「……晴?」

目を閉じたままでいる晴を、達也は見つめた。

今、自分も晴も一人だったことに気づいて、呆然《ぼうぜん》と、離れる。

「なんで、俺と寝るんだ？」

問うように目を開けた晴に、達也は聞いた。

「寝たくないんだろ？　本当は」

「そんなこと……」

開きかけた襟を合わせて、晴が首を振る。

「俺に悪いと思ったのか？　我慢しようって」

「そんなんじゃないよ！」

憤った達也に、晴は叫んだ。

「無理なんかしなくったっていいんだよ。おまえがまだ全然昴が好きなら、俺は待つし」

耳を塞いで背を撓ませて、闇雲に晴が目を閉じる。

「昴のことは忘れる……っ」

悲鳴のように、晴は言った。

息が上がる背に、そっと達也が触れる。

「どうやって」

溜息をついて、達也は尋ねた。もう、それ以上深く達也は晴に触れられない。

「忘れる」

達也の肩に額を寄せて、晴は長く深い息を落としてもう一度言った。

「……俺、最初は昴のこと少しも好きなんかじゃなかった」

ぼんやりと晴が、昴と出会ったころを思うように手元を見る。

「あのころ……親が離婚してこっちに帰って来て、母親はあんなで。俺、死にたかった。毎日」

投げられた言葉を受け止め切れずに、達也は息を呑んだ。

「自分をめちゃめちゃにしたかったんだ。酷い相手ばっかり選んで、ヤク中の男と付き合ったり。俺がめちゃくちゃになるとこ母親に見せたかったのかもしれない」

自分を蔑むように言って、癖のように晴が髪に爪を立てる。

「そういう相手の一人に、昴を選んだ」

笑おうとした頬が歪《ゆが》んで、晴は唇を噛み締めた。

「でも昴はそんなんじゃなかった。本当はやさしい子なんだ。俺のこと叩くときだって、俺が自分のことどうでもいいみたいな真似するのがわかるからで」

背を撓ませて髪を掻いて、身を縮めて晴が泣く。

「本当は気持ちの……きれいな子なんだ。なのにそれがうまく出せなくていつも苦しんでたんだ。なのに俺は」

晴が好きだと言って泣いた昴と、まるで同じ姿で。

昴が好きだと、晴は泣いている。

――帰るな。帰さねえよ、もう絶対。

さっき晴に囁《ささや》いた言葉を何処で聞いたのか、本当は達也はすぐに思い出していた。

――おまえはもう、家に帰っちゃだめだ。帰んなよ、な？

それを言ったのは昴だ。

きっと、晴から何を聞いた訳でもない。それでも晴の全てを知ろうとして、晴の全てを、最初に愛したのが昴で。

――頼むから晴を絶対っ、絶対家に帰さないでくれよ……っ。

あんな辛い悲鳴を、達也は聞いたことがなかった。

――そしたらおまえの方がよくなるに決まってる。

預かると言ったら、だから大人になるまでなんて待てないとあれほど嫌がったのに。

――おまえにやるから。

それでもそう言って泣いた昴は、一体どんな思いだったのか。

「昴は」

白い晴の襟に、達也は手を伸ばした。

「誰が……おまえを殺すのか知ってた」

一度は開いた襟を、自分の手で閉じる。

「ちゃんとしろ、晴」

信じることに、達也は決めた。

「もうちゃんとしろよ。昴はおまえが大事だ」

それだけの愛が、たとえ幼くてもそれだけの思いが超えて行けないものはないと。

「おまえも昴を好きなら……もう二度と、好きな男がいるのに他の男と寝るような真似すんなよ」

信じて、閉じた襟から静かに達也は手を、引いた。

「達也……？」

「俺マジで、おまえが好きだけど」

濡れた晴の頬も、拭わずに指を握り締める。

「おまえがやらしてくんなくても、俺はおまえが好きだよ。……そんだけ、覚えとけ。これからだってどんなときだって、おまえが泣きついて来たら俺は何度だってドア、開けっから」

問うように首を傾ける晴に笑って、達也はポケットから携帯を取り出した。メモリから仕事場の番号を呼び出してダイヤルする。

「……もしもし、清子《せいこ》？　悪ぃ、今動かせる単車ねえかな。中型以上で。いや、限定解除は持ってねえよ」

脱がせてしまったコートを、着ろと、達也は晴に投げた。

「すぐ取りに行くから、ガス満タンにしといて。後で埋め合わせすっから……サンキュ」

「……何？」

電話を切った達也を、訳を問うように晴が見上げる。

「昴が待ってる」

上着の前を閉めて、達也は靴を履き直した。

「おまえを待ってんだよ」

惑う晴の手は引かず、一度だけ達也が振り返る。

「俺を……？」

長く達也を待たせはせず、澄んだ目で、晴は足を踏み出した。

昴と別れてから、初めて生きたような声を聞かせて。帰る場所に、今ようやく気づいたように、前を向いて。


「……ほんっきで、朝日が目に染みんな……」

団地にたどり着いたところでもう高く上がっている朝日が耐え難くなって、達也《たつや》は額を押さえた。疲れ果てた足が萎えて、縁石に一度座り込む。

何処かへ出て行く団地の主婦に大きく避けて通られて、疲れが増したが達也は無理に立ち上がった。

弁護士と雇われ者の男を三人殴り倒して、達也は警察に二日拘留《こうりゅう》された。

理由は保護者は引き取り先はと聞かれ指紋も写真も取られたが面倒なので黙り続け、今朝になって当の弁護士が不問にしたいと言って来て、達也は留置所から出された。

「……いってえ」

計四人殴り倒して自分だけ無傷という訳にも行かず、なかなか乾かない切れた頰の内側が痛んで達也は立ち止まった。誰かを蹴った弾みに足首も挫《くじ》いたようで、右足を引きずりながら四号棟に向かう。

遠巻きに井戸端会議の主婦たちが、傷だらけの自分を見ているのがわかった。一人が管理事務所に向かったようで、ここもそろそろ限界かと達也は溜息をついた。

手続きに来た弁護士に、昴《すばる》と晴《はる》は行方がわからないと、聞かされた。

——達也！

昴を囲んでいた男たちをなぎ倒しながら行けよと叫んだ達也を、一度だけ二人は振り返った。見ると駆け出した足の上で堅く手を繫いでいた。「ごめん」と、晴の唇が動いた。

悪い口癖だ晴と、達也は笑いたかったけれど、誰かに腹を蹴られて声にはならなかった。

何処かで自分は、本当に二人が逃げ切れるとは思っていなかったのかもしれないと、階段を上りながら大きな不安と喪失感が胸に残るのを達也は感じた。勢いでバイクを飛ばしていたときは、二人がいなくなることまではわかっていなかった気がする。

——春が来たら……俺だって十八になる。

二日間鍵の掛かっていなかったドアを開けて、昴が晴を連れ出して来た晩にここで呟いた言葉をふと達也は耳に返した。

焦がれるような声だった。十八になれば、それだけで誰かを守れるようになるとでも思うかのように。

春は、まだ遠い。

「……これで良かったんかな。わかんね」

呟きながら、それでも信じると決めた気持ちを、達也は胸に呼んだ。

もう、願うことしかできない。明るい方へ、二人が歩いて行くことを。

疲れ果てて仰向けに倒れると、警察を出るときに返された携帯が尻に当たった。とっくに充電の切れているそれを、横たわったまま充電器に繋ぐ。

途端、それを待っていたかのように着信音が鳴った。

「晴……？」

咄嗟《とっさ》にそう思い込んで、呼びかけながら電話を取る。

「……なんだおまえかよ」

違うよ、と言った電話の向こうの声は、耳に良く馴染《なじ》む幼なじみのものだった。

「どうしたんだよこんな朝っぱらから。登校日？　そんなんでいちいち電話してくんじゃねえよ……だいたいもう終わってんだろが」

煙草を取りながら時計を見ると、午前がもうすぐ終わろうとしている。

何が気になるのか、幼なじみはどうでもいいことを話して電話を切ろうとしない。

「まさか俺が振られるとおまえの近くで鈴かなんか鳴るんじゃねえだろうな。……またって言うな、またって」

落ち込んだ声はごまかせないと悟って、それでも笑って達也は言った。

「……うん。落ち込んでる。今回はけっこー、参ったよ」

煙草に火をつけて仰向けのまま、カーテンが明けっ放しの窓の外を眺める。

「まさか振られるために生まれて来たんじゃねえだろうな、俺」

さっきまで目に痛いほど晴れていた空が、不意に、陰った。

「そうかもとか言うな、ったく。……あ」

花が散っているとぼんやりと思って、そうではないと達也は首を上げた。

「雪だぞ」

風花のような細かい雪が、なんの前触れもなく舞い始める。何処かから吹き上げられて来た、多分すぐに止む雪だ。

雪の中昴に車を動かしてもらったことを今はもう遠く思い出して、小さく達也は笑った。あの日清子《せいこ》に振られたのだと思うと、次に振られるまで二カ月切るのは最短記録だ。

——あんたのそのやる気のないとこがやなんだよ。すぐあきらめるのはなんで!?

あんなことを言われて振られた後なのに、また、手を放した。

——まあいいやって、どうでもよくなられた方の身になってみなよ！

けれどそんなことじゃないんだと、いまさら達也は、清子に言い訳がしたくなった。

感情が高ぶって、自分でも手がつけられないくらい、何かが欲しくて。そうだそんな風に、誰かを欲したことがあった。けれど結果はただ相手を傷つけて、それどころか喧嘩に巻き込んで酷い怪我《けが》をさせて。そして何も手に入らなかった。

手に入らなかったというのとは違うのかもしれない。ずっと、仲の良い友達でいようと約束した。後に幼なじみは他の男のものになったけれど、それでも自分が貰ったものが何かに劣るとは達也は思わない。

言い訳が、うまいのだろうか。

誰かを幸せにする努力を、していないだけなのかもしれないと、一人の部屋に残されればそんな風にも思えてくる。

「……真弓《まゆみ》」

遠い日、傷つけてしまった電話の向こうの幼なじみを、達也は呼んだ。

「俺って情けねえ?」

時々ね、と。泣きたくなるぐらいやさしい声を、真弓は聞かせた。でもそれがいいところだよなんて言われて、情けないことに達也は煙が染みた目に本当に少しだけ涙が滲《にじ》んだ。

――あの子に、告白しようとか思わないの?

この部屋で晴が、あの雪の日にそんなことを言っていた。

考えたこともないと、達也は答えた。

見てることしかしなかった。ずっと。

言っても傷つけるだけだ。気がついたときには幼なじみは他に大事な人がいたし、だからそのことが自分を傷つけたと知ったらきっと真弓は泣くだろう。

けれど一度ぐらい言おうか。ふと、達也はそんな気持ちになった。本当に本当に、おまえが好きだったと、一度ぐらい。

今は酷く寂しくて、大事なものを無くしてしまったような気持ちで、だからそんな告白も許されるような気がする。

「……勇太《ゆうた》、近くにいねえのかよ。ちっと替われ」

でも、言わない。

それが自分なのだと、達也は溜息をついた。誰からも何も奪ったりしないし、好きな子を泣かせたり、しない。

「別に用なんかねえよ」

電話は苦手だと無愛想に声を聞かせた勇太に、いつもの声で笑って達也は電話を切った。

電話を傍らにおいて、目を閉じる。

もう一度遠くからのコールが鳴るのを何処かで待っている自分にも、目を閉じて。

早く春になればいいと、達也は願った。

夏雲

目の前のことと、無関係のことを考える癖が、田宮晴《たみやはる》にはあった。

悪い癖だとは、自分でも知ってはいた。

だけど直らない。

直らないのは多分、目の前のことを直視しても、現実は何も変わりはしないからなのだと、晴はずっとそう思っていた。

「こいつ、俺の新しい女」

酒と、それから変に甘い匂いをいつも漂わせている男が、散らかったマンションの一室に晴の腕を引いた。

女、と、言って男は、男子用の夏の制服の晴を指している。

ならこの男は自分の男でもある訳だと、いまさらそんなことをぼんやりと思う。名前はなんだっただろうと、まだ三度会っただけの男を振り返りもせず晴は首を傾《かし》げた。

高三だけれど帰国子女の晴は、もう十九になっていた。

最初の男は十五の時に知り合った、父親の転勤先のニューヨークの学校のクラスメイトだった。行ったことはないけれどスペインの血を汲《く》んでいると笑った少年は、晴より随分年上に見えて、見た目の通り面倒見も良かった。いつまでもその国にも学校にも人にも馴染《なじ》まない晴を、熱心に構ってくれたのは唯一その少年だったのだ。

彼に口づけられたときに、二つのことを晴は思った。

一つは、いまさら嫌だとは言えないということ。もう一つは、この少年には触れることができる、ということだった。

それまで晴は、誰かと付き合うということも、抱き合うということも考えたことがなかった。女に近寄ることができなかったのだ。

少女に近づこうとするとどうしても母親の甘い声を思い出してしまって、無理に触れようとして上げたことさえあった。

「女あ?」

変に子どもっぽい声が、部屋の真ん中で笑った。

CDや雑誌で散らかった部屋に不似合いな、高そうな時計やアクセサリーを身につけた銀色の髪の少年は、男の言葉をつまらない冗談だと思ったのかまだ笑っている。

「変わんねえから、そんなに。結構悪くねーよ。好きにしていいから、ま、こっちはこっちで」

おまえの女借りるよと、晴をその汚い部屋に押し込んで名前の思い出せない男は消えてしまう。

夏休みに入る少し手前の、まだ真昼だった。平日で、それぞれ学校の制服を着ている。

銀の髪の少年は男と同じ制服を着ているので学校が一緒なのだろうと、また、あまり関係のないことを晴は思った。

「あー、いるかー？」

遠くから男の声が、少年に投げられた。

「んー？　……おまえ、いる？」

居場所のない部屋で、壁に沿って晴が立ち尽くす。

「おまえに聞いてんだよ」

少年はすぐに苛立《いらだ》って、手にしていたＣＤを晴の膝《ひざ》に投げ付けた。

「アレだよ、アレ」

人差し指を鼻の下に当てて、少年は啜《すす》る真似をする。

ああ、と、俯《うつむ》いて晴は首を振った。

「……俺は貰《もら》っとこっかなあ、いきなり野郎とヤレって言われてもさあ。なあ？　おまえちゃんと色々してくれんの？　風俗のお姉ちゃんばりにさあ」

「いらねえのかよー！」

「廊下出しといて！　……おまえもやっといた方がいいんじゃね？　なに、びびっちゃって。こっち来いよ」

有無を言わせぬ目で少年に睨《にら》まれ手で呼ばれて、仕方なく晴は雑誌を避けながら少年に近寄った。

「……ったく、あいつも物好きだな。そのうち動物とか連れてくんじゃねえだろうな。おい、来いって」

座ったまま、少年は晴の腕を摑《つか》んで強く引く。

バランスを崩して、晴はＣＤの上に倒れた。

「あ、なんかかける?」

言いながら少年は、何処《どこ》から苦情が来てもおかしくない大音響で、帰国子女の晴にも聞き取れないテンポの速いロックをかけ始める。

音の大きさに、晴は現実に引き戻されそうになった。

怖いと、思いかけて首を振る。

「なんか喋《しゃべ》れよ。口きけねえのかよおまえ」

唇を嚙《か》み締めている晴の頰《ほお》を、溜息《ためいき》をついて小さく少年が張った。

「……っ……」

「ま、声が出んならいいや。女と一緒でいいワケ? なんかビョーキとか持ってねえだろうな」

掌《てのひら》で少年は、さっき叩《たた》いたばかりの晴の頰を撫《な》でる。

スパニッシュの恋人も、最初に自分に触った場所はそこだったと、高い天井を晴は眺めた。

十五のときその少年に頬を触れられて、いやじゃない、と思った。それは晴にとって大きなことだった。少女だけでなく、人間にも触れないと思い込んでいたのだから。

それに、彼のことは好きだったのだと思う。幼かったけれど、大事にされてただ嬉《うれ》しかった。だから彼のしたいことにはなんだって応《こた》えようとして少しの我慢もしたけれど、酷《ひど》いことはされなかったし、何も無理強いなどではなかった。

「……ふうん。なんかあんま、野郎って感じがしねーのな。おまえ。こんならいけるかも俺も」

シャツの前を開けて、少年が笑う。

「……っ……」

唇に口づけるのはさすがに少年も抵抗があるのか、いきなり、彼は晴の首筋を吸った。

「胸がねえって、変な感じ」

けらけらと、少年は笑う。

多分少年は、自分を人間だとも認識していないだろうけれど、帰国してから晴は、こういう手合いの相手をすることに慣れていた。

金の肌をしていた恋人とは、母親に引き裂かれた。

沢山の大人が間に割って入った。母親が、息子が無理強いをされたと学校に、恋人の親に騒ぎ立てた。何一つ母親に逆らったことがなかった晴がたった一言、「違う彼が好きだ」と言ったら、母親は晴を病院に連れて行った。精神が病んでいるから、治してくれと医者に頼んだ。無理強いの汚名を着せられた恋人とはそれきり一言も話せないまま、両親は別れて、晴は母親と二人で日本に帰った。

「……ちっとさあ、なんとかしろよおまえも。俺なめたり触ったりする気ねえぞ。なあ」

ぼうっとしている晴の頬を、もう一度少年が叩く。

腕を摑まれて引き起こされて、少年が彼のシャツを捨てるのを晴は見ていた。

まるで子どものような貧弱な体だ。自分より一回り小さいくらいなのかもしれない。

けれど白く抜いてくすんだ銀を入れた髪の透き間からは、どんなものでも踏みにじって食い尽くしそうな目が晴を見ている。

「……しまいにゃ血管に打つぞてめ。マネキンみてえにされっと気分出ねんだよ」

腕を引いて肌を合わせて、強引に、少年は晴の唇を噛んだ。

自棄《やけ》のように口づけられて、唇を噛み切られて晴も意識を飛ばせなくなる。ここにいて知らない男から知らない男に引き渡されたのが、間違いなく自分だと思わざるを得なくなる。

「……っ……、ん」

「かわいい声出すじゃん」

晴が唇から血を流すのを見たら興が乗ったのか、不意に、少年は肌を熱くした。

加減も知らなさそうだし、何も願いなど聞いてくれそうにない。目茶苦茶にされるのだろうと、晴は少しだけ怖くなった。

けれどそれは自分の望みでもあるのだと、血を嘗《な》められながら天井を見上げる。

ろくに言い訳もできなかった晴を叫ぶ母親越しに、悲しそうに恋人は見ていた。

初めて自分をちゃんと愛してくれたと思えた人に、あんな目をさせたまま晴は放ったのだ。

「痛……っ」

胸に歯をたてられて、晴はまた汚い薄暗い部屋に心を引き戻される。

今まで会った男の中でも、この男は一番たちが悪いような気がした。叩いて血を見て、やり方もわからないのに興奮しているのだから。

痛い思いをさせられるのはかまわないが、ならいっそ殺してくれないだろうかと、晴は少年の背に手を掛けた。

薬を打たれて、男に抱かれて殺されて。

そうすればきっと、少しは母親も後悔するだろう。都合の悪い子どもの言葉を一つも聞かなかったことに、その子が初めて人を愛した気持ちを自分が殺したことに気づくだろう。

それとも気づきもしないだろうか。

「ふ……っ」

けれどそれが、唯一の自分の望みだと、無残な死体になった自分を思い浮かべる。泣き喚《わめ》く母親を、想像する。

なんて貧しい望みなのかと、おかしくなって晴は笑おうとした。

けれど帰ってからずっと、晴はうまく笑えない。笑おうとすると、唇の端が歪《ゆが》んで喉《のど》が詰まる。

「……んだよ、それ」

ふっと、少年は晴から体を放した。

問われて、自分がいつの間にか泣いていたことに晴が気づく。

「別に……気にしないで」

「シラケんだよ」

眉根《まゆね》を寄せて、少年は不満そうに晴の足を蹴《け》った。

「……やめたやめた。俺別に泣かれてまで野郎となんかやりたくねーもん。……ヨージ！　俺ら外行くわ、外」

言いながら立ち上がって、少年が制服のシャツを羽織る。

「ヨージっていうんだ……」

「はあ？　何いってんの？　おまえあいつと付き合ってる訳じゃねえのかよ」

呆《あき》れ返ったように、少年は顔を顰《しか》めた。

「今日、来いって言うから……」

「なんだよそれ。おい、おまえも着ろよ。服」

溜息をついて少年が、もう一度晴を蹴る。

強引に腕を摑んで、少年は晴を立たせた。

「……こんなきたねー部屋でその気になるかっつうの。戻んねーかんな！　聞いてんのかよ、ヨージ！」

女の声の響く部屋に声をかけて、少年は晴を連れてマンションを出てしまう。

路駐のバイクに、エンジンを掛けて少年は引きずった。

何処かホテルへでも入るつもりなのだろうかと、仕方なく無言で晴が後ろをついて歩く。煙草《たばこ》の自販機の前で、少年は止まった。

無造作にポケットから一万円札を出して、煙草を一つ、少年は買った。

そして残りの札を、晴のポケットにねじ込む。

「な……に？」

訳がわからず札を返そうとした晴の手を、また少年が蹴った。

「タクシーかなんかで帰れ、おまえ。やなんだろ？　乱交とかすんの。泣くほどやなんだったらあいつとももう会うんじゃねーよ、名前も覚えてねえくせして」

説教というのとも違う、ただ苛立った声で少年が髪を掻《か》き毟《むし》る。

その日は曇った夏日で、湿気の多さに少年の銀色の髪が濡《ぬ》れた。

「割りにあわねーか、あれで一万くれてやったら」

ふっと、笑って少年が晴の腕を引く。

「痛っ」

切れた唇を、少年が嘗めた。

「でも怪我《けが》させちまったし。……ちっと、好きな顔なんだけどね。ちくしょ、ヨージのやつ俺のツボ心得てやがんな」

少し未練が残ったような目で、少年が晴を見る。

「ケータイ、出せよ」

「え？」

「ケータイ！　いちーち聞き返すなよ、うぜえなあ」

胸を弾かれて、勢いに飲まれて晴は携帯を出した。

白いそれを奪って、少年が何か番号を押して掛けている。少年のポケットで、大きな着信音が鳴った。

「それ、俺の番号」

投げて、少年は晴に携帯を返して寄越《よこ》す。

「これ、おまえのか」

そして自分のポケットから赤い携帯を出して、番号を見て笑った。

後はもう挨拶《あいさつ》もなしに、バイクで走り出してしまう。

日も高いのにタクシーに乗るような習慣はなくて、札を握ったまま晴は、粉塵とともに呆然《ぼうぜん》と取り残された。

「どしたんだよ、それ」

校門を出たところで丁度一緒になった、佐藤達也《さとうたつや》に自転車の上からいきなり口の端を押されて、晴《はる》は悲鳴を飲み込んだ。

「ぶつけた」

「……もうちっとマシな言い訳考えろよおまえー」

「男にやられたんだよ」

自棄を起こして、晴が答える。

溜息をついて、達也は拳《こぶし》で空を殴った。

「最近のは何すっかわっかんねんだからよ、ぶっ殺されても知らねえぞ」

「知らないって顔じゃないよ、達也」

「言ってろ、マジで知らねえかんな。駅まで乗ってっか?」

自転車の後部座席を指して、達也が肩を竦《すく》める。
「平気。……っていうか、午後ふけといてなんでそんなに大威張りなの？　卒業する気あ
る？」
「お互い様だろー？」
「俺は卒業間違いないよ……でも達也はそろそろ締めて行かないと」
「おっと説教はごめんだぜ。それこそおまえがなんとかしてくれよ、俺の代わりに試験受ける
とかさ。そんで俺はそれやったヤツマジでぶっ飛ばしてやっから、な！」
風向きが悪くなった途端手を大きく振って、達也は多分理由もなしにサボった学校を後にし
て自転車で走り去って行った。
「……これから、そいつと会うんだけどね」
苦笑して、晴が隅田《すみだ》公園の方に足を向ける。
達也とあの少年が鉢合わせしなくて良かった。相性がいいとは思えない。
クラスも違えばなんの接点もない達也は、晴の、初めてと言ってもいいまともな同性の友人
だった。きっかけは良いものではなかったが、それをすまながって達也は何かと晴のことを気
にかけてくれる。それら全てのことはただ達也の人格によって成されていることだと、晴は感
謝していた。多少勉強の面倒を見ることぐらい、なんでもないし楽しいぐらいだ。
それに比べて、と。

せっかちに鳴った携帯を見て晴は溜息をついた。

その日のうちに晴が消去してしまった番号は、何日も間を空けたと思ったら気まぐれに朝から何度も掛かって来て、学校は何処だと聞き出し、近くの公園にいるからすぐに来いとせっついた。

「おっせーよ」

出ようかどうしようか迷ううちに、掛けている本人の声が前から投げられる。

「あ……」

顔を上げると、この間の少年が、大きなバイクに跨《また》がって苛々と土を蹴っていた。

公園の中は当然、バイクの乗り入れは禁止だ。

「ほら、これ。おまえんちどこ？」

ろくに挨拶もなしに、少年はバイクのヘルメットを放る。

「根津《ねづ》だけど……」

「乗れよ、後ろ」

言われて、何か抗《あらが》いがたいものを感じて晴はヘルメットを被《かぶ》った。

「おまえワケわかんねーな、全然乗りたくなさそうじゃん」

後ろに跨がった晴に、けらけらと少年は笑う。

一応都立校はバイクに厳しくて、後ろに乗っただけでも教師に見つかれば晴はただでは済まない。そうでなくとも、あの走り去った様を思い出せば少年の後ろに乗りたいはずなどなかった。

「女後ろに乗せて走る男、一番サイテーだから。覚えとけよ」

くく、と笑って、腕を引いて腹を摑ませると、少年はこの間のように急発進する。

「女って……」

その言い方はいい加減にして欲しいとさすがに晴は思ったが、風に煽《あお》られて声は飛んだ。

ただ無言で混んだ道を車をわざとすれすれに縫うように走って、単車はすぐに根津に入る。

怖いとは思わなかったが、根津にたどり着かれて晴は困り果てた。

「おまえんち、何処」

バイクを脇に止めて、少年が振り返る。

「そこだけど」

一際高い新しいマンションを、仕方なく晴は指した。

「送ってやったのに、寄せてくれたりしねーの？」

「母親いるけど」

「……んだよ、使えねえな。んじゃ俺んち来る？　誰もいねーし」

少年がどういうつもりなのか今一つ見えず、晴が押し黙る。

「あれ？　言わなかったっけ？　俺おまえのことあいつから買ったんだよ」

「……え?」

唐突に思い出したように少年がメットを取って、その言葉に晴は目を丸くした。

「別れようって、言われただろ?　あいつに。単車一台分だぜ、割りにあわねー買い物」

「なんでそんなこと……」

言われて、少年のバイクがなんとなくこの間のものと違うことに漠然と晴も気づく。不自然に男からの連絡が途絶えたことにも。

「別にあいつのことなんか好きじゃなかっただろ?」

それで何か不都合があるのかという不満げな少年の声に、さすがに戸惑《とまど》って晴は額を押さえた。

「なに、それともヤク中なの?　おまえも」

片眉を上げて、少年は肩を竦めた。

「あいつと付き合うやつってみんなヤク欲しくて付き合ってっから、最後廃人寸前だよ。あいつも加減知らないからさ」

「……助けてくれたつもり?」

「そんなんじゃねえよ」

つまらなさそうに、少年は前を向いた。

「……ちょっと、気に入ったからさ」

もちろん人助けのつもりなどはないと、色めいた目を少年が晴に向ける。

「顔が、かな。試し損なったし」

ただの好奇心なのだろう、少年は本当に女を見るような目で晴を見た。

「試したって……気に入ると思えないけど。それで俺を買ったの？　あいつから。……ええと」

呆れて、晴は高そうだったバイクと男の名前を思い出そうとしたが、どちらもはっきりとは出て来ない。

いつもぼんやりと、膜越しに他人事《ひとごと》のように物を見ているせいだ。

「結局名前覚えてねえのかよ。単車なんかやることなかったな」

舌打ちして、少年はハンドルに肘《ひじ》をついた。

「……君の名前は？」

取《と》り敢《あ》えず単車一台分で助けてもらったことになっているようだから、この少年の名前ぐらいは覚えようと、晴が尋ねる。

「君ってなんだよ、君って。覚えたってしょうがねえだろ」

「俺は晴」

皮肉っぽく笑う少年は無邪気にも見えたけれど、名前を思い出せない前の男よりも何か酷い苛虐を秘めているように、晴には映った。

だからこのとき、晴は名前を教えたのだ。

「ふうん」

口の端を、少年が上げる。

「名前もかわいいじゃん」

ふっと、無邪気さだけが少年の顔に残った。

「昴《すばる》」

そうして、少年が何か幼い目で言葉を紡ぐ。

「俺の名前」

仰々しい名前を昴が気に入っていないのだと晴がわかったのは、ずっと後のことだ。


「ゲームもできねえ、バイクもわっかんねえ。なんなんだよおまえ、つまんねー」

早々に飽きてしまった、渋谷《しぶや》のゲームセンターを出て、昴《すばる》はだらだらと晴《はる》の前を歩いた。

「みんなそう言うよ」

正直晴は、こういう場所を歩くのは嫌だった。絡まれるとすぐに昴は喧嘩《けんか》をする。夏休みに入って呼び出されたのはこれで二度目だったけれど、一度目は警察が飛んで来て捕まる寸前で別々に逃げた。昴はあっさりと晴を見捨てた。

「んじゃなんでおまえと付き合うんだよ、ヨージとか。よっぽど……」

頭の上で腕組みして、バイクがないと手持ち無沙汰《ぶさた》な昴がふと上から下まで晴を見る。

「……うち、来いよ」

「でも」

「誰もいねえっつってんだろ?」

早々に、ただ一緒にいるのには飽きられてしまったかと、腕を引かれるままに晴は溜息をついた。

歩いて何処に行くのかと思えば、松濤《しょうとう》の閑静な住宅街に昴は足を踏み入れて行く。

立派な警備システムのついた門扉をインターフォンで開けて、昴がそこに入って行くのは特に驚くべきことではなかった。

「……坊ちゃんなんだろうとは思ったんだ」

「坊ちゃんっつったか今、おまえ。キレんぞ俺」

独り言を聞き付けて、昴が晴を睨む。

「はは、子どもみたいな顔して」

けれど逆にその顔が昴を幼く見せて、覚えず晴は笑ってしまった。

不思議そうに、玄関の前でぼんやりと昴は晴の顔を見ている。

「……なに?」

「別に」

間を置かず玄関を、中年の女が開けた。

「お邪魔します」

驚いて挨拶をしようとした晴に、違うと、昴が手を振る。

「もう、今日帰っていいや。おばちゃん」

よく見ると家政婦然とした女は、困ったように昴と、そして晴とを見た。

「だいじょぶだいじょぶ、どうせあの女帰ってこねーし。なんかとって適当にメシ食うから」

「……そうですか?」

何か昴には前科があるのか、女はまだ不安そうにしている。

「帰れって、マジで。はい荷物持ってー、また明日」

玄関で昴が追い立てるのに、仕方が無さそうに女が前掛けを外して荷物を取った。

「それじゃ……良い子にしててくださいよ、昴坊ちゃん」

「それやめろっつっただろがババア!　ぶっ殺すぞっ」

帰り際に坊ちゃんと呼ばれて、その言葉に過剰反応するのか昴が歯を剥《む》いてドアを蹴る。

すまなく思って晴は頭を下げたけれど、昴の子どもじみたむきになりようがおかしくて、また笑ってしまった。

「……ふん。そんなにおかしいかよ」

「そうじゃないけど」

靴を放り出して昴が拗《す》ねた口をきくのに、悪いことに晴の笑いが止まらなくなる。

不意に、晴は腕を取られて壁に押し付けられた。

「……っ……」

殴られるのかと身を縮めていると、髪を摑まれて唇に、驚くほどやさしく昴が唇を合わせて来る。

「笑うともっとかあいいじゃん。もっと笑えよ、なあ」

すぐに唇を放して、昴はまだちゃんと靴を脱いでいない晴の腕を引いた。

慌てて、晴が母親の手によってきれいに磨かれた革靴を脱ぎ捨てる。

「その気んなったー、俺」

冗談のように言って、昴は二階まで晴の手を引いた。

南向きの広い二間続きの部屋が昴のものなのか、奥の寝室に昴は晴を誘う。

「やらして」

広いベッドはあるけれどカーテンも引こうとしないで昴がシャツを脱ぎ捨てるのに、晴は溜息をついた。

二度、何もしないで街をふらついて、少しだけただの友達にしたつもりなのかと晴は誤解していた。元々最初に会った時に昴はいかにも似合いなかわいらしい彼女を連れていたし、自分への興味は薄れたのだろうと晴は何処かで思い込んでいた。

もう一度ぐらい、普通に遊んだりしたかった気もして、自分がつまらないとさっき昴が言ったことを思い出す。

でも昴が自分を酷く傷つけてくれるというのなら寝てもいいかと、晴はシャツのボタンに手を掛けた。それが自分が昴に名前を教えた理由だったと、湿った隅田《すみだ》公園を思い出す。

「なんだよ、自分で脱ぐなよ」

上だけ脱いだ昴が、ボタンを半分外した晴の手を摑んで、ベッドに仰向けに寝かせた。

「脱がせんの好きなの、俺。プレゼントの包み紙開けるみたいで楽しいじゃん」

はしゃいで、昴は晴のシャツのボタンを丁寧に外し始める。

「……あんまり、期待しないでよ。そんなにいいもんじゃないと思うよ」

「やる前から萎《な》えるようなこと言うなっつの。……あ、ヤバ。持ってる？　ゴム」

ベッドヘッドをあちこち捜して、昴がそれを切らしていることに気づいて手を止める。

「持ってない……」

キョトンとして、晴は首を振った。

「……にゃろ、こんなときに限って。お袋持ってねえかな」

「別にいいよ、なくても」

晴の上から退いて探しに行こうとした昴に、首を傾げて晴が声をかける。

ベッドに腰掛けて、不審そうに昴は振り返った。

「生でもいいってこと?」

「うん……俺は別に」

「……怖くねえのおまえ。俺あいつが連れて来た女と乱交とかしたことあんだぜ」

「気にしないけど。……そっちが気にするか。俺ヤク中の男と付き合ってたんだもんね。また今度にする?」

そんな雰囲気でもなくなったかと、溜息をついて晴が捨てられたシャツを探す。

「待てよ。おまえあいつに生でやらしてたの?」

起き上がろうとした晴の肩を、強すぎるぐらいの力で昴が押した。

言われて、まるで暴力と変わらなかった男とのセックスを、晴が思い返す。

名前も顔も覚えていない男との閨《ねや》は、穴だらけの晴の記憶と一緒で、いつも霞《かすみ》がかったように何か曖昧《あいまい》だ。他人の夢のように、遠い。

「別に頼んでないけどゴムつかってたよ、そういえば」

考え込んで、終わった後に始末が楽だったことだけを晴は思い出した。

「考えてみれば……みんな結構気をつかうんだね。あんまりないよ、ゴム無しでしたこと」

「おまえが気ぃつかえよ」

「怖い？　やめとく？　俺はどっちでもいいよ」

苛立って行く口調には気づいて、肩を放さない昴にやんわりと晴が問う。

不意に、眦《まなじり》を吊《つ》り上げて昴は晴の横っ面をはたいた。

「痛……っ」

思いがけない力で叩かれて、治りかけた唇も、口の中も切れて晴が血を吐く。

「おまえ自分だけはうつんねーとか思ってんの？」

「意外……真面目なんだね」

真顔で問われて晴は、思わず思ったことをそのまま口に出してしまった。

「そうじゃなくてよ」

そんな風に思われるのは本意ではないと、険しく昴が顔を顰める。

「俺は別に病気とか」

溜息をついて、晴は濡れた唇を拭った。

「怖くないから」

手についた血を眺めていると、昴は床を蹴るようにしてベッドから離れる。

「やめたやめた」

床に落ちていたシャツを、昴は拾い上げた。

「俺はおっかねーよ。おまえみてえな淫売《いんばい》と生でやれっか」

背を向けたまま、昴がそれを晴に投げ付ける。

「勝手に死ね」

冷たい声で言って昴は、帰れと告げて寝室を出て行ってしまった。


「……また電話くれると思わなかった」

呼び出された、西新宿《にししんじゅく》のわかりにくい指定場所にたどり着いて、確かにそこに昴《すばる》が一人でバイクに寄りかかっているのを見つけて晴《はる》は溜息をついた。

単車一台分で売り買いされたなどとそんなことは向こうの都合だが、晴が言いなりになるのは特に自分の方の都合がないからだ。

「なんで制服で来んだよ」

夏休みなのに制服のシャツを着ている晴を見るなり、昴は顔を顰めた。

「デートだっつったろ?」

「だって夏期講習があって……」

「んなもんに真面目に出てんじゃねーよ」

「受験だし」

「受験!? 三年かよおまえ」

「帰国子女だからもう十九だけどね。昴は……」

「俺は十七! ……ダブっててまだ一年だよ」

つまらなさそうにアスファルトを蹴って、昴は路地へ晴を引く。

「何処……行くの?」

周囲の雰囲気と、最後にあったときの昴の蔑《さげす》みが重なって、今度こそどんな目に遭わされるかわからないと、さすがに晴の足も竦んだ。

「だからデートだよ」

「何これ」

思いもかけない建物の前で足を止められて、晴が呆然とそれを見上げる。

「名前とか言わなくても、タダで検査してくれっから」

そう告げて晴の背を蹴って敷地の中に入れると、昴はもう自分のメットを取った。

「なんの?」

「HIVだよ。俺こないだ受けたばっかだからおまえだけな。一週間後って言われっから、一週間後にまたここで」

言いたいことだけ言って、昴はバイクに跨がる。

「待って……俺そんなこと」

「てめえ、俺のなんだぞ？　忘れたのかよ。あの単車いくらすっと思ってんだ」

エンジンを蒸かして、中に入れと昴は建物を指した。

「元取らせねえんだったら風呂に沈めっかんな」

「お風呂……？」

疑問符を残して、昴は爆煙を上げて去って行く。

「……殺されるってことかな？　知らない間に日本も物騒になって」

こんなことならせめて私服に着替えてくれれば良かったと、晴は建物を見上げた。

「ＨＩＶか……」

向こうでは頻繁に耳にした言葉だと、気軽に考えようとしながらやはり足が重い。

気をつけないとと、スパニッシュの恋人が何度か晴に言った。君は日本人だから危機感が薄いと、叱《しか》られた。

可能性としては高い方なのかもしれないと思うと、余計に受ける気がなくなった。

——てめえ、俺のなんだぞ？

それでも、あんな風に言われては無視する訳にも行かない。

周囲の目を多少気にかけずにはおれず、身を縮めて晴はその建物の中に足を踏み入れた。

考え始めると自分がネガティブのはずがないような気がして来て、最近、滅多に感じない恐怖というものに眠れない熱帯夜をいくつも過ごし、晴《はる》は結局一週間目の約束の日に約束の場所に行かなかった。

夏期講習もサボって、ぼんやりと部屋の天井を見ていると、感染の可能性のことばかり考え始める。

「……このままじゃおかしくなっちゃうよ……」

溜息をついて、晴は自室のベッドから起き上がった。

居間を抜けるのがいやだと思いながら、着替えて部屋を出る。

「何処に行くの?」

リビングのテーブルで花を挿していた母親が、晴を止めた。

「ちょっと……友達に会いに」

「誰?」

「学校の」

「学校の誰？　お母さんの知ってる人？」

「……達也《たつや》だよ」

嘘《うそ》に達也を持ち出すのはすまなかったが他に母親が認識している名前がないので、仕方なく晴が呟《つぶや》く。

「お母さんあの子、好きじゃないわ。ちょっと言葉が乱暴で……それに就職クラスなんでしょ？　どうして仲良くしてるの？」

花を飾りながら笑顔で、矢継ぎ早に母親は言葉を重ねた。

「僕のこと気にかけてくれるのなんか、学校じゃ達也ぐらいだよ」

「女の子から何度か家の電話に掛かって来たわ。夏休みになって」

「……え？」

「でもあなた女の子の電話出ないから、お断りしておきました。だいたい、名簿を見て掛けてくるような子は不躾《ぶしつけ》で、お母さんには勧められないわ」

「ああ……そう」

振り返って笑んだ頬に何かぞっとして、横を擦り抜けて晴が玄関に急ぐ。

父親の転勤先で晴が男と寝ていたことなど、母親の中ではもうなかったことになっているのだ。帰ってから一度も、母親はそのことに触れない。

靴を履いている晴を、母親が追って来た。

「何時頃帰るの？」

「……お母さんも、友達とかと出掛けなよ。せっかく涼しい夏なんだし」

「お友達なんて……お母さん、晴ちゃんがいればそれでいいのよ」

肩に触れられて、上げそうになって身を屈《かが》めた晴のポケットで、携帯が鳴る。

「……誰？」

「誰って、だから。……いってきます」

携帯に触れようとした母親を振り切って、晴は家を飛び出した。

エレベーターのボタンを、何か恐ろしいものに追われるような気持ちで狂ったように叩いて、待てずに階段を駆け降りる。

マンションのエントランスを飛び出したところで、堪えられなくなって晴は植え込みに吐いた。

「……何やってんだよ、おまえ」

歩道から、聞き覚えのある声が投げられる。

相変わらずバイクに跨がった昴《すばる》が、顔を顰めて晴を見ていた。

「ほら」

たまたま持っていたのだろう炭酸を、昴が晴に投げる。

口を漱《すす》いで、晴は引き攣《つ》れた喉にまだ冷たい炭酸を流し入れた。

「一昨日……来ねえからよ、あったま来て」

「今、携帯鳴らした？　もしかして」

「気づいてんなら出ろよ」

「ごめん……」

「そんで」

　胸を押さえて息を切らせている晴から、昴は頭を掻いて目を逸《そ》らす。

「どうだったんだよ」

「……まだ行ってない」

「なんだよそれ。検査は受けたんだろ？」

「受けたよ。血、採られて。でも……聞くの、怖くなっちゃって」

「死んでもいいいんじゃなかったのかよ」

「……そうだけど」

「だったらぐだぐだ言ってんじゃねえよ」

　メットを被せて、昴は晴の腕を引いた。

「自分で行くよ。……どんな嫌がらせなんだよ、こんな」

　いい加減にその強引さに腹を立てた晴が、後部座席には乗らず首を振る。

「別に嫌がらせなんかじゃねえよ」

「晴ちゃん、誰？　そのかた」

下まで追って来たのか、背から、母親の声を聞いて晴はまた喉を押さえた。

慌てて、昴のバイクの後ろに跨がる。

「行って」

「あれお袋か。……どーも」

「いいから、行ってよ」

晴がせっつくのに肩を竦めて、昴は何か叫ぶ晴の母親をちらと見てからバイクを走らせた。

そのまま、昴が十日前の場所に向かうのをどうすることもできず、力の入らない体で晴が腰にしがみつく。

途中、何度も気持ちが悪くなって、晴は昴の腹に強く指を立てた。

「……なんなんだよおまえ、大丈夫なんかよ」

いつの間に着いたのか検査をした建物の前で、昴がバイクを止める。

「もっぺん吐く？」

「いや……いい」

「お袋と揉《も》めてたのかよ」

「揉めてたっていうか……もう」

どうでもいいと言いかけて、晴は止まっているバイクから降りた。

「とにかく結果、聞いてくるから」

「ああ。……ここにいっから、シロでもクロでも出て来いよ」

「出ないで何処行くっていうの」

自棄のように笑って晴が、いつの間にか強くなった真夏の日差しに目を閉じる。

嫌な汗が降りて、目を開けても足元が暗い。

蟬《せみ》の声が耳について、こんな都会の何処で羽化するのだろうとまた遠いことを思いながら、晴は建物の中に入った。


「……相手に感謝しとけよ。めちゃくちゃやっといてシロってことは」

相変わらず広いのに誰もいない松濤《しょうとう》の家で、家政婦を帰した昴《すばる》がビール缶を二つ、晴《はる》が腰を下ろしているソファの前のテーブルに置いた。

「結構、聞くときは冷や冷やした」

頭を抱えて、晴が長い溜息をつく。

「当たり前だっつうの」

缶を開けて一つを渡して、一応祝いのつもりなのか缶を合わせて来た昴を、不思議な気持ちで晴は見上げた。

じゃあ、すぐにベッドにという様子でもない。

だいたいが普通に人が気にかけるようなことなど何一つ気にしないように見える昴が、HIV検査にこだわったのはやはり不思議だった。

その視線に気づいて、立ったままビールを飲みながら昴が肩を竦める。

「おかしいかよ、俺がこんなこと気にするの」

「……そうじゃないけど。俺、あんまり自分が真面目に考えたことなかったし」

「最近学校とかでもしょっちゅうやるだろ？　十代のせーかんせんしょーがー、つって」

「それで？」

だから検査を受けたのかと聞いた晴に、昴はあまり話したくなさそうに銀髪を掻いた。

「だから……俺、一人だけマジで」

窓から、作り物のような庭をぼんやりと昴が見ている。

「結構、仲良かったヤツいたんだけどよ。幼稚舎と、小中って一緒で。今高校、すんげえバカなとこぶっこまれちまったんだけど。色々やらかしてさ、ヤクとか。そんで弾みで売人刺しちまったりとか。でもまあ鑑別も行かずに、転校。お金ってすげーのねー」

何かを嘲《あざけ》って、昴は笑った。

「まいっかそんな話。そんでその転校前の学校でよ、講堂で性教育とかいうのやられちって。大笑いしながら聞いてたんだけど」

どうしてこの家には昴以外の人間の気配さえないのだろうと、広い居間に不似合いな小さな背を晴は見ていた。

「しゃれで、つるんでた連中で検査受けに行ったんだよ。さっきんとこ。誰もクロが出るなんて思ってねえからさ、十六だぜ、だって」

なあ、と、少しだけ振り返って昴が笑う。

「だけど一週間後にみんなで笑いながら結果聞き行ったら、一人だけさ。顔色変わっちまったヤツいて」

口頭のみの通告なので、誰も何を見て確かめた訳ではないのだろうが、確かに顔を見ればわかってしまうだろうと晴も思った。ポジティブならとても冷静ではいられない。

「そいつが、俺が幼稚舎からずっと一緒だったヤツ。進《すすむ》っつって、なにかっちゃ要領悪いやつだったんだよ。貧乏くじ引くやつで……って、んなこと関係ねえのか。とにかくなんでだかしんねえけど、そいつがポジティブで」

語られる少年が過去形なのが、聞いている晴の胸を微《かす》かに騒がせた。

「ヤケ起こして、ヤクやって酒飲んで単車飛ばして死んじまったよ。自殺だな、ありゃ」

言いながらもう笑いはせず、昴がソファに戻る。

「今、薬で治るんだろ?」

隣に腰を下ろして、昴が少し自信無さそうに聞いた。

「治るかどうかはわからないけど……かなり普通の生活できるみたいだね。新聞で読んだよ」

尋ねられた晴も、はっきりとは答えられない。

「俺らバカだから誰も知らなくてよ。ポジティブだったらもうソッコー腐って死ぬんだってあいつ思い込んで、俺らも思い込んで」

笑おうとした昴の口の端が、引き攣れた。

「ちょっと、電話とかもできなくなっちまった。会ったりすんのもおっかなくなってよ……携帯、あいつの番号着信拒否にしたんだ。俺」

無理に続けながらそれでも、昴は笑おうとする。

「死んでから、薬のこととか、そんな簡単に移んねえってこととかわかって」

こんなことを真面目に話すのは自分には不似合いだと、そんな風に昴は落ち着かない。

「後の祭りだ。死んじまったもん、もう」

親指の爪を強く、昴は噛んだ。

爪の先で唇をなぞって、無理に、皮肉っぽく昴はまた笑おうとする。

「だから、これだけはシンケーシツなの。俺。以上終わり!」

早口に言って昴は、ビールの缶を飲み上げた。

「おまえも折角シロだったんだから、これからはゴムつけてもらえ。やるときは」

缶を潰《つぶ》して床に放り、声のトーンを上げようとしながらできずに、また爪を噛む。

やんわりと、その手を、晴は取った。晴の膝の上で、昴の親指の先に血が滲《にじ》んでいる。

口元に、晴はそれを運んで、血を含んだ。

驚いたように昴が身を引くのに、自分でもどうしてそんなことをしたのかわからずに晴も惑う。

「……痛そうだと、思って」

「おまえの……唇の方が」

自分が叩いて切った晴の唇が、場所が悪くて治りにくくまだ新しい血が滲むのに昴が気づいて、舌先で嘗める。

「……強く、叩き過ぎたな。俺」

ごめんとは言わずに、傷を嘗めながら昴は俯いた。

「悪かったの、俺だから」

叩かれた理由を、ちゃんと晴は覚えている。

昴にはそれが、衝動だったのだとしても。

「友達、死んだの悲しかったんだね……昴」

馬鹿みたいに当たり前の言葉だと思いながら他に何も言いようは見つからず、昴の色褪《いろあ》せた髪を、晴は撫でた。

コトンと、昴は手に負けたように晴の胸に、頬を寄せた。

「……うん」

酷く弱い声が、昴の唇から零《こぼ》れる。

「悲しかった」

閉じ込められていたものが零れ落ちるように、ぽつりと。

胸元にいる昴を、両手で、晴は抱いていた。男のような振りで男のような目をして、けれどまるで小さな子どものように昴は痩《や》せている。

自分からは滅多にしない口づけを、晴は昴の額と、瞼《まぶた》に落とした。

「……んだよ。ガキにするみてえにすんじゃねえよ」

起き上がって昴が、晴に覆いかぶさるようにして唇を吸う。

「……さっき、検査の結果聞いた時に渡された」

空いている方の手で、ポケットから晴はコンドームを出した。

「する?」

小さな昴の手に、晴がそれを握らせる。

あまり人に話さないのだろうことを口にしたせいで昴が酷く弱っているのが、指先から、唇から知れた。そういう男と、寝ることに晴は本当はあまり意味を見いだせない。

けれど今、何故だか少し心が動いて、晴は昴と寝たいような気がした。

何か皮肉や冗談を言おうとして開いたのだろう唇を、不意に昴が閉じた。

そのまま、晴の首を抱いて唇を合わせる。

何度も角度を変えて唇を探されるように口づけられて、晴は微かに息が上がるのを感じた。

「……っ……」

背を抱かれてそのまま、ソファに倒れる。

「待って……」

「なんだよいまさら」

自分の上に跨がってシャツを脱いだ昴の胸を、慌てて晴は押し返した。

「だって、ここじゃあ」

どう見てもこの部屋はこの家の居間で、玄関が開いてから服を着る間も多分ない。

「おばちゃん帰しただろ？」

「だけど」

「俺以外に誰かいんの、見たことあっかよ」

何処か自嘲《じちょう》的に、昴は笑った。

「帰って来ねえよ、誰も」

言いながら昴が、晴の髪に唇を埋める。

「……いい匂いすんな、おまえ。なんかつけてんの？」

もう熱くなった掌で晴の肌を探りながら、昴は耳元に聞いた。

少しだけ、声が甘えるように上ずる。

その声に変に胸を摑まれて、晴は昴の背に手を回した。


「また帰んのかよ」

夏なのに暮れてしまった外に溜息をついてシャツを拾った晴《はる》の腕を、昴《すばる》が引いた。

「泊まれよ」

「泊まれないんだよ。いつも言ってるだろ」

腰にしがみついて来た昴が、できれば眠っている間に帰りたかったと、晴がまた溜息を重ねる。引き留められると、ここからがまた長い。

けれど帰宅が十時を過ぎれば、母親が大騒ぎをするのだ。帰ってから半狂乱の母親の声を聞くのが、晴には耐え難い。

「じゅーくだろ？　高三なんだろ？」

「うちは過保護なんだってば」

「んなこと言って、他に男がいんじゃねえの？」

「いつどうやって昴以外の人と会う暇があるの」

いつも同じやり取りをして、なだめるように晴は昴の腕を撫でた。

ここで逆なでして、この間は携帯を昴に壊された。翌日新しい携帯を晴は昴に与えられたけれど、母親にはただ無くしたとしか言えないので家では新しい携帯の音を切っている。

音を切っていて昴に気づかずに携帯に出ないと、今度は手が付けられないほど昴が荒れる。

「だけどよ……」

「携帯だって、今昴としか使ってない。ほら」

履歴でもなんでも見ればいいと、晴は昴に携帯を渡した。

確かめずに、昴はつまらなさそうに晴に携帯を投げてしまう。

「ま、他に男って訳ねーか。おまえ、やっぱやってもつまんねーよ」

不意に、服を着込み始めた晴に昴がひねた口をきき始めた。

「よくねんだろ？　なあ」

こういう風に昴が絡んで来るのは珍しいことではなくて、受け流すようにゆっくりと晴が服を着る。

けれどふっと苛立ちの尾を切って、昴が晴の腕を強く引いた。

「なんも、楽しくねんだろ？　俺とやっても。なんでやらすんだよおまえ、頭よえーのかよもしかして」

ソファに押し付けられて、真っすぐに捕らえられた昴の目に晴が息を呑《の》む。

「それともマゾかなんかなのかよ。俺そういう趣味ねえから」

きつい眼差しでねめ付けられて、昴の憤りの根が見えず晴は戸惑った。

乞われたことは全て、してやっている。何も嫌だと、晴は昴に言わない。そんな無茶も昴は言わないし、晴も逆らわない。

それが何故昴の気に入らないのか、ぼんやりと、晴は考えた。

うっすらと答えのようなものがあるような気もしたけれど、すぐに見えなくなる。

「昴……」

けれどその微かなものがもしあるのなら、自分には無理だと晴は無意識に思った。

だから、駄目だとそう言おうとした瞬間、インターフォンが鳴った。

「……家の人」

「そしたら鍵開けて入ってくんだろ。ほっとけ」

「でも」

まるで狂った人が叩くかのように絶え間無く、インターフォンは鳴り続ける。

このヒステリックさは母親の叫びに似ていると、ふとそう思ったら晴は胸が悪くなった。

「……開けてよ、昴。俺帰るから」

「やだよ」

「頼むから、その音、止めて」

口元を押さえた晴に戸惑って、半裸のまま昴はインターフォンについている電子ロックを相手も確かめずに解除した。

程なく、けたたましい音を立てて玄関が開く。

昴も晴も身支度も後始末もできない間に、制服の少女が部屋に飛び込んで来た。

外は夕立なのか少女は水浸しで、昴の学校のものとは違う制服を着ている。だが晴は少女の顔に、微かに見覚えがあるような気がした。

「ねえ、番号変えたでしょ携帯。それあたしとは切れたってこと?」

肩で息をしながら少女が、眦を吊り上げて昴を睨む。

「おまえヨージとやったんだろ?」

興味無さそうに、昴は肩を竦めて煙草を取った。

「あんたがやらしてやれって言ったんじゃん」

「だからってやらすなよ。バカなんじゃねえのかおまえ」

聞いている晴の背が冷えるような冷たい言い方で、ソファに横たわって昴が煙を吐く。

「……その子、ヨージが連れて来た子だよね。まさかあんた男と付き合ってんの?」

ちらと、シャツのボタンを止めている晴を少女は睨んだ。

「ヨージあんたのバイク乗ってたよ、ねえ。バイクとこの子交換したんでしょ？　信じらんない、散々女食って、揚げ句に男？」

「付き合ってないよ」

ヒステリックに喚き続ける少女に、小さく、晴は告げた。

「たまたま、会ってただけ」

首を傾けて、少女に、晴が笑う。

「俺、帰るから」

振り返らず昴の目を見ないで、晴は玄関に向かった。

紐が面倒な革靴を履こうとする手が、焦りに手間取る。

往来に出たところに、上半身裸の昴がそのままで追って来た。

夕立はまだ降り続いていて、たちまち二人はずぶ濡れになる。

「どういうつもりだよ」

遠くに、微かな晴れ間が見えてすぐに雨が上がることは目に見えていた。

「……忘れてた。昴、男がいい訳じゃなかったんだね」

けれどこれ以上ここに留まっては駄目だと、晴が腕を引く。

「やめとこ、この辺で」

昴が、ただ耐えて呻《うめ》いている自分を抱いて満足だと言うなら。血を見て悦ぶような、最初に思ったままの少年なら、晴は昴の側《そば》にいられるのだけれど。

「あ……昴が飽きるまで付き合ってもいいけど。別に」

昴は多分、違う。ならもう、無理だと晴は思った。

放さない腕を強く引いて、昴は加減を忘れて晴を叩いた。

雨に放り出された晴の唇が癖のようにまた切れて、血が滴る。

けれど全てを洗い流すような夏の雨に、それは滲んですぐに見えなくなった。

公衆電話から電話を掛けた相手を、区の小さな図書館の前で晴《はる》は待った。何か定期的に動くバスを待つために、固い石のベンチが冷えている。休むに丁度いい日陰だった。

隣の百花園《ひゃっかえん》は、夏の花が盛りなのか賑《にぎ》わっている。早朝には朝顔を見せるために早く開けるとかで、公園では子どもたちが水彩画を描いたりしていた。

「……よお、なんだよ図書館なんて。うち来りゃいいだろ?」

「達也《たつや》……」

影が差して声を投げられて、顔を上げようとして晴が達也が一人ではないことに気づく。

左頬《ほお》を隠そうとして、晴は俯《うつむ》いた。

「丁度うち来ててさ、こいつら。帰るとこだったから」

「こんにちは」

親指で達也が指した、帯刀真弓《おびなたまゆみ》と阿蘇芳勇太《あすおうゆうた》に、小さく晴が頭を下げる。

「こんにちはー。田宮《たみや》くん達ちゃんの夏の課題手伝ってくれるんだって？　駄目だよ甘やかしたらあ」

いつも明るい真弓が、からっとした声を夏空に響かせた。

「こいつなんぞ、ちっとも俺の課題手伝ってくれへんで」

高校生にもなって夏の課題があるのは全員にではなく、達也と、それを言った勇太は卒業が危ないから課題と補習が用意されているのだ。

「自分のことは自分でやんなきゃ駄目じゃん。田宮くん達ちゃんちたまに来てるんだって？　おじさんとおばさん、なんで今日は来ないのかってぼやいてたよー」

「図書館の方が……集中できるかと思って」

俯いたまま、どうしていいのかわからずに晴が苦笑する。

「ちゅうか、……こんなんなっとったら、ウオタツの親父さんやお袋さんに見せられへんのとちゃう」

それを不自然だと思って覗《のぞ》き込んだのか、それとも勘がいいのか勇太が不意に、晴の顎《あご》を掴《つか》んで顔を上げさせた。

「痛……っ」

本当はそれは達也にさえ昼間に見せたいような痕《あと》ではなくて、だから本当は晴は夜に会いたかったのだけれど、ここのところ外出に母親が酷《ひど》く神経質になっている。

昴《すばる》の使っていた香水が強くシャツに移っていたことに、後から晴は気がついた。

「晴……おまえ」

幾度となく男に殴られた晴の顔を見たことのある達也の口からも、傷の酷さに熱い息が零《こぼ》れる。

「信じらんない、ちょっと。大丈夫？　田宮くん」

似合わない険しい顔をして、真弓は晴の前に屈《かが》んで白い清潔なハンカチを無意識に渡した。

真弓からすれば学校での晴は浮くぐらいの優等生で、喧嘩《けんか》などという言葉には到底結び付かないのだろう。

だが勇太にはうっすらと晴の隠している部分が匂うのか、半分は晴自身を責めるような顔で立ったまま傷を見据《みす》えていた。

「ちょっと、転んで」

言い飽きたごまかしに笑った晴に、また達也が溜息《ためいき》をつく。

「……なんや悪いのに捕まっとるんちゃうの。どうにかしたろか？　俺が」

両方の手をポケットに突っ込んだまま、訳もないというように勇太は首を鳴らした。

「ちょっと！　よしてよあんた出入りじゃないんだからっ」

どんな相手にしろ勇太を本気にさせるようなことは絶対にできないと、激しく達也が首を振る。冗談めいた口調の下の達也の必死さの訳は、晴にはわからない。

「なんか達ちゃん……勇太と喋《しゃべ》るときだけちょっとオカマっぽくなるのなんで？」

その気持ちを有り難く汲《く》みながらも真弓も冗談にしてしまって、達也に笑った。

「動物界の連鎖っちゅうやつやな」

「イミわかんない」

肩を回して、そんな酷い真似をするつもりはないというように真弓と達也を不満そうに見て勇太が呟《つぶや》いた言葉に、真弓が首を傾《かし》げる。

「地球上の生き物はみんな俺の女やっちゅうことや」

「イミわかんない！」

言い草に腹を立てて真弓が、勇太の背中を強く叩《たた》いた。

「あいたっ。俺が一番強いオスやっちゅうことやアホ！」

「おまえらもうどっか行ってくれよ……」

本末転倒の言い合いを始めた二人の背を、重なる溜息とともに掌《てのひら》で押す。

「……けどおんなし学校のよしみや。なんかあったら言えや、ちっと間に入るぐらいならワケないで」

渋々と歩き出しながら、勇太はちらと晴を振り返って手を振った。

「もう……だからって喧嘩は駄目だよ」

「わあってるわ。……せえへんて」

心配そうに真弓が言うのに、勇太がその髪をくしゃくしゃにして二人が歩いて行く。

苦笑してその様を見送り、傷の側に、達也は少し顔付きを変えて腰を下ろした。

「そんで、今度は何処《どこ》の男よ。殺《や》ってやろうか？　俺が」

見るに耐えない痕に顔を顰《しか》めて、達也が煙草《たばこ》を噛《か》む。

「……達也。それじゃ阿蘇芳と一緒じゃない」

わざと、明るく晴は笑った。

「彼氏なんだろ？」

尋ねた達也の口元から不意に、煙草が奪われる。

驚いて顔を上げた達也の横っ面を、いきなり大きな手が加減もなく張った。

「いってえっ」

「ガキがんな堂々と煙草吸ってんじゃねえや、こんなとこで」

晴も見上げると、似合わない花を抱えたエプロン姿の男が、取り上げた煙草を噛んで笑っている。

「人のこと言えたガキだったかよー、龍兄《りゅう》！」

「商工会会長のおまえの親父さんに頼まれてんだ。外でてめえが悪さしてんの見たら有無を言わせずはっ倒してくれってな」

にやりと笑って、龍は図書館の入り口の灰皿で煙草を消して中に入って行ってしまった。

「くっそー……っ、ったくやりにくくてかなわねえマジで！」

ぼやきながら場所を変えようと、達也が立ち上がる。

「笑ってんじゃねえよ、ったく」

くすくすと笑った晴を、口を尖《とが》らせて達也が振り返った。

「……百花園でも行くか。あーもー、しけた町だぜホント」

人に言われると腹が立つのだろうに悪態をついて、達也が無言で隣の百花園に向かう。

百五十円を払おうとした晴を、掌で達也が止めた。

「夏休みだからタダ」

そう言って達也は晴の腕を引いて中に入ってしまうが、気づいた受付の翁《おきな》が立ち上がって窓から顔を出す。

「コラ達也！　払え百五十円っ」

「客連れてんだよー。六十五歳以上ってことにしといてよ」

翁が追う間もなく、達也は中に入ってしまった。

入ると中には確かに、老人しかいない。

物珍しく、葉に陰る庭を晴は眺めた。萎《しぼ》んだ朝顔の鉢が、少し寂しい。

「結構穴場よ、ここ。つって若いの歩いてんのほとんど見たことねえけど」

緑の蒸れる砂利を踏んで、凌霄花《のうぜんかずら》の下を通り、紫陽花《あじさい》の死骸《しがい》の横を通って達也は川端のベンチに座った。

「じじばば来たらどかなきゃなんねえけど、取《と》り敢《あ》えず座れ」

「課題、手伝いに来たのに」

「何言ってんの」

嫌になるほどやさしい口調で、達也が苦笑する。

あまりそういう声をかけられることに慣れない晴は、達也の声を聞くと時折訳もなく泣いてしまいそうになった。

「なあ」

ポケットの煙草を、懲《こ》りずに達也が取り出す。

「おまえみてえな無抵抗なやつ、男だっつったって殴るようなヤツはクズだぞ」

火をつけながら達也が吐いた言葉に、晴は息を呑《の》んだ。

「……きついな」

夕立の変な生暖かさと、叫ぶ昴の泣いているような瞳が目の前に揺れて、口の端の晴の傷が疼《うず》く。

本当は晴は、誰に傷つけられても痛むということがほとんどない。

いつも、誰に何をされても。

けれどこの傷は日を経ても酷く疼いて、晴を苛《さいな》む。

だから達也に話を聞いてもらいに来たのだと、いい加減晴も自覚した。

指先で、力任せに昴が手を上げた唇の端に晴が触れる。自覚しても、何を聞いてもらいたいのか晴にもよくはわからない。

「俺……こないだＨＩＶの検査受けたんだ」

ふっと、そんなことを達也に教えて、想像どおりの表情を達也がするのに晴はくすりと笑った。

「わりぃ」

驚いた顔をしたことをすまなく思ってかそんなことを言って、達也は頭を掻《か》いている。

「引くよ、普通。俺も受けるのやだったし」

誰にも無関係ということはないのだろうが、それでもやはり達也には遠いことだろうと、話したことを晴は少し後悔した。

「……受けさせられたの。これ、やった子に」

何が話したいのかもわからないのにと、思いながら傷を、晴が指す。

「友達が、死んじゃったんだって。陽性で、自棄《やけ》起こして、バイクで事故って死んじゃったんだってさ」

外は充分に暑いのに草で挟まれた作り物の川から涼しい風が吹いて、晴は目を伏せた。

「……俺は、一応ネガだった」

結果を達也が案じているのがわかって、言い忘れたと慌てて付け加える。

「一応ってなんだよ」

「なんにも気をつけてなかったから、なんか逆に悪いような気がして」

「何言ってんだバカ」

「そうだね……」

不謹慎さを叱《しか》られて、本当に、こういうところが自分のしょうがないところだと晴は溜息をついた。

「俺が陽性だったたって言ったら、達也どうした?」

これも不謹慎な問いだと思いながら、晴が尋ねる。

長いことを、達也は考え込んでいた。

「……わかんね」

正直な答えだと、それだけは晴にもわかる。

多分、達也はそれでも変わらないでいてくれる気がするけれど、今はわからないと答えるのも、達也の誠実さだ。

「その子、携帯着信拒否にしちゃったんだって。電話出なくて、会わなくなって、そしたら……」

「……そっか」

聞いても、達也はそれを責めはしなかった。自分ならしないとも言わない。わからないことなのだ。そのときにならないと多分。

「簡単には移らないし、今は新薬が出てて簡単には死なないよ」

「そうなのか?」

「死んだ子も、知らなかったんだって。検査のときに言われたと思うんだけど、聞かないで出て来ちゃったのかもね。一緒に受けたって……俺の、彼氏も。人の話ちゃんと聞くようなタイプじゃないし。聞いたとしても……」

それでも電話に出なかったのかもしれないと、そこまでは言わずに晴は昴が忘れようとして捨て切れないでいるそのことを思った。

「こういうこと、いっぱい、あるんだろうね」

「そうかもな」

独り言のように言った晴に、達也が曖昧《あいまい》に頷《うなず》く。

「でもきっと……一つ一つ悲しくて」

やり切れなくて、どうしようもなくて。

時が過ぎるのをただ一人一人が、待っているのかもしれないと、広い部屋に蹲《うずくま》るようにする昴の姿を晴は思った。

「携帯、捨てようと思ったんだ」

ポケットから晴は、昴に与えられた携帯を出して達也に見せた。

公衆電話から掛けたのは、昴以外の人間にこの携帯から掛ける気持ちになれなかったからだ。もう、掛かって来ないかもしれないし昴とは二度と会わないかもしれない。

なのに癖のように晴は、携帯を持ち歩いて時折着信を確かめてしまう。

「……どうしよう、達也。捨てられなくて」

「晴……」

意味を知ろうとしながら、達也が晴を呼んだ。

「やさしい子なんだよ」

顔を覆って、晴は、繋《つな》がらない言葉を指の間から零す。

「これ……やった男の話か?」

横から達也が、晴の口元に触れる。

「クズじゃねえって、話か」

酷く痛んだけれど、晴は悲鳴を堪《こら》えた。

「わかんない……」

髪を掻き毟《むし》って、何が悲しいのか晴は涙が出そうになった。

「自分の女を殴るのはビョーキみたいなもんだぞ。簡単には治らねえよ」

「……うん。それも、わかるんだけど」

治らないなら、それはそれでかまわない。

晴が昴に名前を教えたのは、その病に気づいたからだ。この少年なら間違って自分を殺したりもすると思ったからだ。

けれど今は迷う。中で血が滲《にじ》んだ唇が痛む。きっと叩いた、昴の手も痛い。

「俺」

多くは言葉が見つからないというように、達也は晴の肩に触れた。

「一人だけ、見たことある」

言われても晴には、すぐになんのことだかわからない。

「治ったヤツ」

振り返られて、殴る病と達也が言ったそのことだと、ようやく晴にも知れた。

「治ったって……信じてる。俺は、そいつのこと」

誰のことなのか、もちろん晴にはわからなかったけれど。

すぐに川面を向いた信じているという達也の横顔を、いつまでも、晴は見ていたかった。

受験のための夏期講習にも身が入らず教室の窓からぼんやりと外を眺めて、遠くの夏雲が動いて行くのを晴《はる》は見ていた。

昨日までは不快な蒸れた雨が続いて、夏休みは一度も携帯が鳴らないまま終わろうとしている。

もう解約されたのかもしれないと時折、晴はボタンを押して見たが、その様子はない。けれど昴《すばる》はもう携帯のことも晴のことも忘れているかもしれない。桁《けた》が違うバイクを、簡単に人にやってしまえるのだから。

終了の号令だけが耳に入って、溜息をついて晴はテキストをまとめた。

「こんなんで受験間に合うのかな……」

特に行きたい訳でもないのにそれでも勉強が追いつかないと焦るのは滑稽《こっけい》だと苦笑しながら、教室を出て、昇降口を出る。

一緒に補講を受けていた連中が、校門の辺りでいちいち足を止めて何かを振り返っているのが見えた。

なんだろうと、気にかけながら近づくと、スカートの短い他校の制服を着た少女が校門前に立っている。

「君……」

それだけでも充分目立つというのに、少女はきれいな頬に酷い痣《あざ》を作っていた。

——おまえみてえな無抵抗なやつ、男だっつったって殴るようなヤツはクズだぞ。

達也の言葉が、晴の耳に返る。

少女は昴の家にやって来た元の彼女だ。誰にその痣を作られたのかは、聞かずとも晴にはわかった。

「あは……おそろい」

頬を指して、なのに少女はあの日とは別人のように笑う。

「……そうだね」

少女が自分を待っていたことは明白で、仕方なく、晴は当てもなく少女と並んで歩いた。

「ヨージに学校聞いたの。何処よここ、東京なの？」

見慣れないのだろう風景を見渡して、少女が肩を竦《すく》める。

傷はまるでかまわれずに放られて、少女の白い肌にそれは余計に痛ましく晴には映った。

「君は……ヨージや昴とは学校が違うんだよね」

「そう。昴の前の高校で一緒だったのよ」

何をしに来たのと、聞こうかと思って晴が口を噤《つぐ》む。

誰も、良い話を運びに晴の元には来ない。

「おまえのせいだって、あの日叩かれたのよ。これ」

時折晴が傷を見ていることに気づいたのか、少女は肩を竦めたが気にしてはいないようだった。そうして彼女が、自分と変わらない人種だと晴も気づく。

少女は最初から、そのことに気づいていたようだった。

「昴、荒れてる。今」

「あれ以上、どうやって?」

少女の言葉に胸を騒がせながら、それでも平静を装って晴が溜息をつく。

川を銀色に変える夏の日差しが照り返す桜橋を、二人は渡った。

自転車の翁が、同じ場所に同じ酷い痕がある男女を振り返って見て行く。

「深酒して……せっかくやめてたのに、なんか薬、やってた。薬はさ、イヤなんだ。あたし。イヤなの」

理由もうまく語れず、少女はただ首を振った。

「人間じゃないみたいになるじゃない。怖いじゃない、あんなの」

誰か、狂うのを思い出したかのように、少女は肩を押さえて震える。

不意に、橋を渡り切ったところで少女は足を止めた。

「戻ってあげてよ」

きつい、けれどよく見ると白目の青いきれいな眼差しで、少女が晴を見上げる。

「昴に頼まれたの?」

「最近まともに喋ってもいないよ」

苦笑して、少女は首を振った。

「なら……」

どうしてそんなことをと、晴が溜息をつく。

確か少女は昴を返して欲しかったのではないかと、あの夕立の日のことを晴は思い返した。

「あんときはゴメン。なんかあたしも頭に血が上ると抑えらんないとこあってさ、昴と一緒。あはは」

本当に別人のような軽さで、少女は笑う。

それも何か治らない病のように、晴には映った。

「あたし、幼稚舎から一緒だったの。あいつ。昴の前のさ、大学までエスカレート式のしょもない学校」

立ち止まっていてもしょうがないと、駅に、晴が足を向ける。

橋の側は日なただ。少女の白い肌が焼けてしまう。

「隠し子仲間って感じ？　あたしの親は政治家なんだけどさ」

「……隠し子？」

初めて聞く話に、人気のない広い邸宅を晴は思い出した。

「あ、聞いてないか。ま、いいんだけどそんなことはどうでも。そんで、もう一人一緒だったヤツいて」

慌てて、少女が話を変える。

「……死んじゃった子？」

「みんなで殺したって、昴は言ってるよ」

長い、きれいな髪を風に流して、一瞬だけ少女は真顔になった。

「あれから、酷いんだ。マジで、めちゃくちゃでさ。付き合い切れないって、前の学校の連中はみんな離れちゃったし。そんで残るのはヨージみたいなのばっかになってってっちゃうじゃん。最悪だよ」

その男と一度は寝たというのに、少女は似合わない仕草でアスファルトに唾《つば》を吐く。

「でも、よくわかんないけど、あんたといると少しいいみたいだから」

きっと痛まないのだろう口元を晒《さら》したまま、少女はもう一度立ち止まって晴を見上げた。

「あたしのせいで昴と切れちゃったんでしょ？　戻ってやってよ、ねえ」

懇願の声が少し、調子を強める。

「君も」

頷くことはできずに、晴はそっと、少女の傷に指を伸ばした。

「自分のこと少し、大事にしなよ」

何故だか彼女には、触れる気がした。

彼女は自分だ。何も変わらない。

「……考えてみりゃあたしたち、おんなじ男とやってんだね。それも二人も」

不意に元の顔に戻って、少女は昴と同じ高い声でけたけたと笑った。

「あはは、お姉ちゃんだ。お姉ちゃん。ね」

駅を見つけて、軽やかに少女の足がそちらへと向く。

「女とやりたくなったら電話して」

ひらひらと手を振って、少女は駆けて行ってしまった。

危うげな背は、いつ消えてもおかしくないほどに薄い。

何処へ、行くのだろうと、ぼんやりと晴はその背を見送った。彼女も、自分も、昴も、何処へ行くのだろう。これから。

何処になら居られるのだろうと、改札に消えた少女の髪を思う。

夕立の匂いがして、アスファルトが陰った。

雨に濡《ぬ》れるのも慣れてしまった気がして傘を求めず、晴《はる》は制服のまま渋谷《しぶや》で電車を降りた。

何を、どうするつもりなのだろうと思いながら松濤《しょうとう》に足が向く。

歩き慣れた道を行って、きれいに手入れされているのに人が住まないように見える家を晴は見上げた。

散々迷った指が、雨に背を押されてインターフォンを押した。

晴も何も言えなかったが、応答もないまま鍵が開く。

惑いながら、晴は中に足を踏み入れた。手を掛けると玄関の鍵も開いている。

開くと、きつい冷房に濡れたシャツが瞬く間に冷えた。

「なんだよ珍しいな、帰ったのかよ。鍵使えよババア」

居間から、誰と間違えたのか昴《すばる》の声が聞こえた。

家族と勘違いをして開けたのだと気づいて、居間の手前で晴の足が止まる。部屋の中は酒と煙草の匂いが籠《こ》もっていた。誰かがついさっきまでいたのか、いくつか出たグラスのうちの一つが壁に酒の染みを作って粉々に砕けている。

動かない人影に気づいて、ソファに横たわってテレビを見ていた昴が振り返った。

「……ごめん」

勝手に入ったことだけを、晴は謝るほかなかった。

昴はぼんやりと、晴を見ている。信じられない夢を見ているような顔が辛《つら》くなって、晴は視線を落とした。

テーブルに、注射器が転がっている。

少女の言葉を思い出して、晴は小さく息をついた。

「何しに来た。もう用はねえだろ？」

「……打ったの？　それ」

荒《すさ》んだ口をきいた昴に、晴が歩み寄る。

晴が指さした先を、ちらと昴は見た。

「まだ」

溜息をついて、昴がソファから起き上がる。

「ヤクが欲しいのかよ」

毒づいた昴に首を振って、晴はテーブルの下に落ちていたスポーツ新聞を拾った。

薬剤が入っていると思しき瓶と注射器を、新聞の真ん中に置いて固く包む。

「何すんだよっ」

「不燃ゴミ、何処？　台所？」

いきり立った昴に一応聞いて、晴は広いキッチンに足を踏み入れた。見つけたゴムで括《くく》った新聞をビニールに入れて、固い建材で家具のように作られたゴミ箱に、ビニールごと放る。

「やめろって……っ、なんなんだよいきなり！」

追って来た昴が、晴がそれを捨てるのを見て腕を摑み上げた。

「……薬は、よくないよ昴。他のことはともかく、これはやめた方がいい」

折れるほど腕をねじられたけれど、晴の表情は変わらない。

「ワケ、わかんねえよおまえ」

目から力をなくして昴が言うのに、自分でもわからないと、危うく晴は笑ってしまいそうになった。

「おまえ……俺を捨てたんだろ？」

どうしてもう一度、昴を訪ねてしまったのか。

「捨てたんだろう？」

携帯と一緒に、このたちの悪い少年を捨てなかったのか。

「女の子と付き合える子は、そうした方がいいと俺は思ったんだけど……こないだは」

昴の問いの答えにならないことを、晴が呟く。言いながら、そんなことを思った訳でも本当はないとも。

ああ、だけどあの少女の方がいい。多分あの子の方が自分よりはマシだと、腕を取られながらさっき別れた少女のことを晴は思った。

きっと今頃彼女も、夕立に爪先まで濡れている。

誰か助けてくれないだろうか。

この腕を取っている子を助けてくれないだろうか。夕立に濡れているあの子を助けてくれないだろうか。

「誰か……」

もう、自分はいいのだけれどと、行き先のない希《のぞ》みが晴の口をつく。

「……なに」

もう動かない口元を、昴は見ていた。

「ううん……もう、誰かいる？　新しいひと」

伏せていた瞼《まぶた》を、うっすらと晴が開く。

何処へも連れて行けない子を、今だけはと、見つめた。

「……いねえよ」

強がろうとした昴の唇が、すぐに、泣いた。

「誰もいねえし、もう誰も来ねえ。誰も」

呟く昴の唇が乾いて、割れている。

「誰も帰って来ねえ」

言い捨てて昴は、晴の腕を引いた。

二階の奥の、いつも閉ざされている部屋へ昴は晴を連れて行く。鍵の掛かった部屋の扉を、無理やりに昴は蹴り開けた。

何処かで見たような女の顔が、そこかしこにある。モノクロだったり、カラーだったり、少女だったり女だったりする女のポートレートが壁に貼《は》られ、棚に置かれていた。

「これ、俺産んだ女」

嗤《わら》って、昴が写真の一枚に手を掛ける。

「馬鹿みてえだろ、自分の写真部屋中に貼って。気持ち悪ぃんだよ」

高い声で、あざ笑おうとした昴の声が掠《かす》れた。

「月に一度も帰って来ねえ。あんまちゃんと喋ったこともねえ。だいたい俺、去年まで世田谷《せたがや》のおばちゃんとこに居たんだよ。でも前の学校クビんなって、もう手に負えねえっておばちゃんに母親んとこ帰されてさ」

震えて強くそれを摑んだ昴の手が、少女のような女の写真を引き裂く。

「計算してみろよ。一年、月一回。それ、俺が俺のこと産んだ女と会った回数。おはようおやすみ、学校どう。いやだわ太っちゃってウエストがどうしても五十六を切らないの、子どもなんか産むもんじゃないわね、ってさ」

一枚では足りず、もう一枚、昴は女の写真を裂いた。

「全部言えるよ。俺母親が俺に言ったこと全部言えるんだよ、すごくねえかそれって」

高笑いして拳《こぶし》で、写真を覆うガラスを叩き割る。

「昴……っ」

すぐに血に塗《まみ》れた昴の手を取ろうとして、晴もガラスを踏んだ。

「痛っ」

「おまえ……っ」

その足元に、昴が屈む。

小さくてもガラスは切っ先が鋭くて、晴の爪先は脈打って痛んだ。

指先を、血塗れにして昴はガラスを取った。切れた爪先を、昴が唇で吸う。

「大丈夫……大丈夫だから、昴」

手を引いて晴は、昴を立たせた。

今度は晴が、昴の指からガラスを落とす。晴の指も切れて、二人はやっと、ガラスから離れた。

「捨てたり、してないよ。俺、昴のこと」

晴の血がついた昴の唇に、晴が昴の血がついた唇で口づける。

「携帯も、まだ持ってる。ずっと持ってたよ」

ゆるく、濡れたシャツのまま晴は昴を抱いた。

途端、堪えられなくなったようにしがみつくように昴も晴を抱いて、シルクのカバーの掛かったベッドに倒れ込む。

「……泣かないで」

聞いたことのないきぬ擦れの音を耳にしながら、晴は全てを預けるような昴の腕になにもかもを投げ出した。

「泣かないで、昴」

言いながら昴の髪を、子どもにするように晴は胸に抱いた。

ただ必死にものをかき集めるような拙《つたな》さで、昴は晴の肌を求める。

まだ外は明るくて、部屋のそこここに残る女の写真が、晴の目を掠めた。いつも昴から強く匂う香水がこのシルクのベッドリネンから匂うものと同じだと気づいたとき、やり切れなくて晴は泣いた。

誰か、誰かこの子をと。

まだ胸に願いを繰り返しながら。

きれいに手入れされたレースのカーテンから、朝の光が透ける。

女の趣味なのかカーテンは青く、夏の朝の光を宿すとまるで部屋は海の底に沈んだように染まった。

胸に抱いたはずの昴《すばる》が、背から自分を強い力で抱いていることに長い時間をかけて晴《はる》は気づいた。ガラスは砕けたまま、写真は破れて。

簡単には手に入らないのだろうシルクのリネンは、血に塗れて多分もう使い物にならない。

昨日、がむしゃらに抱き合って晴は初めて、他人と抱き合っているのが自分だと知った。遠かった痛みも確かに自分の肌の上にあって、息が上がって、初めて悲鳴ではない声を、上げた。

「泊まれるじゃん……」

晴より早く目覚めていたのか、晴が起きた気配に気づいて昴が呟いた。

言われて、自分が無断外泊してしまったことにもようやく気づく。気が重かったけれど、意識を手放さなくても昨日は泊まっただろうと、晴は思った。

「……泊まっちゃったね」

振り返って、晴は昴の顔を見た。

目が少し赤い。いつも上がっている眦《まなじり》が、少し、腫《は》れていた。

「キスを」

してと、晴が言うより早く昴は晴に口づける。

抱き合って互いに、何も着ていないことをいまさら晴は知った。

「帰るとか……言うなよ」

もう晴の目がシャツを捜していることに気づいて、不安そうに昴の目が揺れる。

「うん。だけど……」

帰らない訳にもと、晴が言おうとした途端何処かで携帯が振動した。

捨てられた晴の制服のズボンだ。

「誰だよ……」

「……昴と以外、使ってないよ。本当に」

何故と、晴自身が訳がわからなくて携帯を拾う。

ディスプレイを見ると、よく知った番号が表示されて晴は息を呑んだ。

「誰」

長く振動を続ける携帯の映し出す、０３で始まる番号に昴が眉《まゆ》を寄せる。

「……母親」

口元を押さえて、ただ晴は携帯が止まるのを待った。

「……隠しておいたんだけど、携帯。いつ、見つかったんだろう」

やっと切れた携帯には、一晩中着信が続いていたことを伝える履歴が残っている。

「そしたらきっと、昴の番号も知られてる」

震えて言った晴に半信半疑という顔をして、昴は立ち上がって全裸のまま自室から携帯を持って来た。

ベッドに座って着信を見ると、確かに晴と同じ番号が残っている。

狂ったような間隔、回数で。

「マジなのかよ」

鳴り出した携帯の電源を、昴は切った。

「過保護」

そうすると今度は、晴の携帯が振動する。

怯《おび》える晴に、昴は晴の携帯の電源も切った。

止まった振動に、詰めていた息を晴が、ようやく長く吐き出す。

「……普通じゃないんだ。うちの母親」

笑おうとした晴の口の端が、どうしても引き攣《つ》れた。

「多分ちょっと狂ってる」

一度もそうは誰にも言ったことがないのに、口に出すと、少し晴は胸が楽になった気がして不思議だった。

「向こうも同じこと言うんだけどね」

冗談のように言って、小さく、昴に笑って見せる。

「……送る」

泊めたことをすまないと思うのか、背から晴を抱いて肩に昴は唇を埋めた。

「うち、泊めてたって言ってやっから」

「いいよ。大丈夫」

「俺なんかじゃかえって都合悪ぃか」

皮肉ではなく聞いた昴に、そうではないと晴が首を振る。

「俺、向こうにいたとき」

抱かれるまま、晴は昴の肌の熱に、目を閉じた。

「父親の、転勤先にいたとき、初めて男と寝て。そんでそれ親にばれてるんだ。だから」

「かまやしねえよ、俺は別に」

「相手の子、酷い目に遭わされた。うちの母親、向こうの親や学校に俺がいたずらされたって怒鳴り込んで」

心を掻き合わせるように胸を抱いた昴の腕に、晴が指を重ねる。

「俺、何も言えなくて」

「いい……なんも言わなくても」

わなないた晴の指を、昴が摑んだ。

「ガタガタ言われたら、おまえのお袋もうちのババアもぶっ殺して」

不意に、大きな声で、幸福な未来の夢を語るような明るさで、昴が晴をシーツに包み込む。

「逃げりゃあいい」

楽しい話を聞かせるように、昴もシーツにもぐりこんで、子どものように笑った。

「どうやって?」

「バイクがある。強盗とかもして、金持って。映画みたいに、おまえは俺の後ろに乗って銃で警官撃ちまくる。バンバンバンバンバン!」

「……あはは。銃はどうやって手に入れるんだよ」

「何処ででも買えるさ、金さえあればそこら中で売ってる。そしたら皆殺しだ。俺とおまえ以外、みんな撃ち殺して。ニュースに顔とか出て」

「みんな殺したのにニュースに出るの? それに未成年だよ、俺たち」

「出るんだよ。ニュース流す奴ぐらい残しといてやる」

「それでも逃げるの」

「逃げる」

「どこに」

「何処までも逃げる。逃げまくって」

息が苦しくなって、転がるように抱き合っていたシーツから二人は顔を出した。

シーツの中の狭い薄闇は二人きりだったのに、窓が、外に世界が広がることを教えている。

「……海が、いいな」

シーツごと晴を抱いて、ぼんやりと、青く透ける光を昴は見ていた。

「青くて、砂が白くて。なんもなくて。誰もいない」

まだ少し、遠い夢から昴は帰れないでいる。

「もう喧嘩もしねえし」

夢は叶《かな》わないと、けれど二人とも疑っていない。

だって願い事が叶うのを、二人はまだ見たことがない。

「俺はおまえを殴らない」

それでも、見たこともないのに昴がきれいな夢を抱いていることを知って、晴は、せめて今このときに床に散らばっているそれで昴の喉《のど》を掻き切ってやれたらと、ぼんやりとガラスを見つめた。

けれど何処にも、手は届かない。

昴の夢は、汚れたシーツの中で終わったまま失せてしまう。

「なんで泣くんだよ……晴」

瞼に口づけられて、青い光が歪《ゆが》む訳にようやく晴は気づいた。

唇はあたたかく、昴の指がやさしい。

——君の名前は？

あの時出会った少年と、この少年は違った。
最初に自分が、大きな思い違いをしたのだと、晴が知る。
——俺は晴。
名前を、教えるべきではなかったのだ。

あとがき

私が、炬燵《こたつ》なのか、炬燵が私なのか。

わからなくなるほど、常に炬燵から私が生えている、そんな今日この頃。

十巻目です。

昨日始まったような気がする「晴天」ももう十巻目。十巻の間、物語時間は二年しか経っていない訳なのですが……誰も携帯持ってないのおかしいよ、と昨日友人に言われました。はは。だから十巻は携帯持ってる人たちの番外編、という訳ではないのですが、たまたま十巻は達也の話となってしまいました。

私としては、達也のことはかなり好きで、ちょっと前に『活字倶楽部』でお話させて頂きましたが、普通なら主人公になり得ないタイプの達也を主人公に持って来て話が書けるのは、こういうシリーズものの有り難みだなあなんて思います。

なので思う存分楽しく書いた達也なのですが、十巻という節目の巻で、メインカップルのお話でなかったことはやはりお詫《わ》びせねばならないところだと思います。このシリーズは、個人的に読者さんの気持ちを大事にして行きたいという気持ちもあるので、がっかりさせてしまったらそれは本当に、ごめんなさいなのです。

なので、という訳ではないのですが、すぐに十一巻が出る予定です。こちらもちょっと番外編的な要素があって、秀と勇太の京都時代の話になるはず。それと現在の日常編の二本立てを予定しております。春には。

楽しい本になるといいな。

自分も楽しく書いて、みなさまにも楽しく読んで頂けたら、それが一番なのですが。

「明日晴れても」はここ二年くらいの間に書いた短編の中で、私にとっては最も好きなものです。達也が住んでいる団地は、書く前に一日歩き回りました。本当に、あんな感じ。

晴と昴は、そしてこの後どうなったのかなあというのは、私の中には、ないも同じです。

彼らより干支《えと》一回り年上の作者としては、「む、無理だろ……」とも思い、同じ年頃の目線まで頑張って降りて考えれば、「いやいける」とも思い。

海辺で幸せに暮らしていて欲しいなあ、昴は二度と晴を叩かなければいいなあ、いやでも。と、その辺りは私としては行ったり来たりなので、皆様のお好きなところで未来を止めてください。

しかし、若者を書くのは、むつかしい。未来大きいからね。

達也はこれから先、きっと何度も何度も振られながら、それでもいつかは良い幸福を手にすることでしょう。……ってことにしとこう。まあ、達也は女の子と。それが達也の幸せでしょう。子煩悩とかになって、ってそこまで想像しなくてもいいか。何かと巡り合わせの悪い男なので、強引に幸福の方に引きずっていってくれるような娘と、ね。

なんかめちゃめちゃ余談ですが、「晴天」なので、どうしてもニューヨークという言葉を書くのが辛かった。渋谷《しぶや》という地名を書くのが辛かった。不思議ですが。本の中からそこだけ浮き上がってくるようで、どうしても書きたくなかった。シリーズものにはシリーズものの、なんかパラレルワールドみたいな世界が、あるのねと思いました。本当は「晴天」の東京には渋谷はなくて、世界地図にもニューヨークなんかないのよ。

携帯もない。

のもなにかなと思うので、ぼちぼち誰かに持たせようかなと思ったり。あと、昨日友人が、それぞれどんな音楽をどうやって聞くのかと質問してくれたので、どっかでそんな日常も書きたいです。

本当は携帯は、龍は普通に持っていて、大河は会社に持たされているのですが。どちらも多分、あまり使えていない。

最近『Ｃｈａｒａ《キャラ》』本誌では、文庫三巻目の勇太と真弓に、達也が溜息、な辺りを二宮《にのみや》先生が楽しく描いてくださっています。

そしてこの本にも素敵なイラストを、本当に感謝なのです。私は二宮先生が起こしてくれた晴が本当にすっごく大好き（大人にあるまじき頭の悪そうな言葉……でも正直な気持ちのままに）。その晴見たさに、また晴が書きたくなるくらい好きです。『小説Ｃｈａｒａ』の時の、達也と晴と昴がけだるげに制服で座り込んでいる表紙が大好きだったので、今回それが収録されないのが残念でなりません。どっかに入れて欲しい……。

さらにはいつも的確な助言をくださり、今回こういう抱き合わせで一冊にすることをお許しくださった担当の山田さんにも大きく感謝です。

これが私の、今年最後の単行本になります。

とても好きな本で今年を終われて、嬉しいです。

それが私一人の喜びではないことを祈りつつ。

今度はいつもの人たちで、お会いできたら幸いです。

多分ほとんど時を同じくして、「花屋の二階で」のドラマCD、追って二宮先生のコミックス「子供の言い分①」が出ている、はずです。

またその春に。

師走の寒さに震えながら、菅野《すがの》彰《あきら》

この本を読んでのご意見、ご感想を編集部までお寄せください。
《あて先》〒105－8055　東京都港区芝大門2－2－1　徳間書店　キャラ編集部気付
「菅野彰先生」「二宮悦巳先生」係

■初出一覧
明日晴れても……小説Chara vol.7（2003年1月号増刊）
夏雲……書き下ろし

明日晴れても

……【キャラ文庫】

2003年12月31日　初刷

著　者　菅野　彰
発行者　市川英子
発行所　株式会社徳間書店
〒105-8055 東京都港区芝大門2-2-1
電話03-5403-4324（販売管理部）
03-5403-4348（編集部）
振替00140-0-44392

印　刷　大日本印刷株式会社
製　本　株式会社宮本製本所
カバー・口絵　近代美術株式会社
デザイン　海老原秀幸

ISBN4-19-900290-1

好評発売中

菅野 彰の本
【子供は止まらない】
毎日晴天！2

イラスト◆二宮悦巳

保護者同士の同居によって、一緒に暮らすことになった高校生の真弓《まゆみ》と勇太《ゆうた》。家では可愛い末っ子として幼くふるまう真弓も、学校では年相応の少年になる。勇太は、真弓が自分にだけ見せる素顔が気になって仕方がない。同じ部屋で寝起きしていても、決して肌を見せない真弓は、その服の下に、明るい笑顔の陰に何を隠しているのか。見守る勇太は、次第に心を奪われてゆき…!?

好評発売中

菅野 彰の本

毎日晴天！5

【花屋の二階で】

イラスト◆二宮悦巳

「なんで僕、ハダカなの!!」大学生の明信《あきのぶ》は、ある朝目覚めて、自分の姿にびっくり。体に妙な痛みが残ってるし、隣には同じく全裸の幼なじみ・花屋の龍《りゅう》が!!　もしや酔った勢いでコンナコトに!?　動揺しまくる明信だけど、七歳も年上で昔から面倒見のよかった龍に、会えばなぜか甘えてしまい…。帯刀《おびなた》家長男と末っ子につづき、次男にもついに春が来た!?　ハートフル・ラブ♥

好評発売中

菅野 彰の本

【ろくでなしとの恋愛】

イラスト◆やしきゆかり

野蛮人との恋愛3

なりゆきで同居を始めて約一年。手が早くて身持ちの悪い外科医の守《まもる》は、後輩の貴彦《たかひこ》を一度だけ抱いてしまった。籍だけとはいえ、長期入院中の妻も子もいる守には、自分の衝動がわからない。不自然な距離を保ったまま、貴彦への想いから目を逸らす守──。そんなとき、恐れていた二度目の夜が訪れて……!? 五歳になった息子・歩《あゆむ》と、家族ごっこをつづける二人を描く続編も収録!!

ALL読みきり
小説誌

キャラ増刊

[キャラ]
小説Chara

キャラ文庫「FLESH&BLOOD」番外編
松岡なつき CUT◆雪舟 薫
「ミニアと呼ばれた男」

イラスト／雪舟 薫

岩本 薫 CUT◆Lee
「13年目のライバル」

火崎 勇 CUT◆やまねあやの
「ネクタイを解かないで」

····スペシャル執筆陣····

秋月こお　菅野 彰　たけうちりうと　秀香穂里
(エッセイ) 剛しいら　桜木知沙子　菱沢九月
不破慎理　穂波ゆきね etc.

5月&11月22日発売

投稿小説★大募集

『楽しい』『感動的な』『心に残る』『新しい』小説——

みなさんが本当に読みたいと思っているのは、どんな物語ですか？　みずみずしい感覚の小説をお待ちしています！

•応募きまり•

[応募資格]

商業誌に未発表のオリジナル作品であれば、制限はありません。他社でデビューしている方でもOKです。

[枚数／書式]

20字×20行で50〜100枚程度。手書きは不可です。原稿はすべて縦書きにして下さい。また、800字前後の粗筋をつけて下さい。

[注意]

①原稿の各ページには通し番号を入れ、次の事柄を１枚目に明記して下さい。（作品タイトル、総枚数、ペンネーム、本名、住所、電話番号、職業、年齢、投稿・受賞歴）
②原稿は返却しませんので、必要な方はコピーをとって下さい。
③締め切りは特別に定めません。面白い作品ができあがった時に、ご応募下さい。
④採用の方のみ、原稿到着から３カ月以内に編集部から連絡させていただきます。また、有望な方には編集部からの講評をお送りします。
⑤選考についての電話でのお問い合わせは受け付けできませんので、ご遠慮下さい。

[あて先]

〒105-8055 東京都港区芝大門2-2-1
徳間書店 Chara編集部 投稿小説係

投稿イラスト★大募集

キャラ文庫を読んで、イメージが浮かんだシーンをイラストにしてお送り下さい。キャラ文庫、『Chara』『Chara Selection』『小説Chara』などで活躍してみませんか？

•応募きまり•

[応募資格]

応募資格はいっさい問いません。マンガ家＆イラストレーターとしてデビューしている方でもOKです。

[枚数／内容]

①イラストの対象となる小説は『キャラ文庫』か『Chara、Chara Selection、小説Charaにこれまで掲載された小説』に限ります。既存のイラストの模写ではなくオリジナルなイメージで仕上げて下さい。
②カラーイラスト1点、モノクロイラスト3点の合計4点。カラーは作品全体のイメージを。モノクロは背景やキャラクターの動きの分かるシーンを選ぶこと（裏にそのシーンのページ数を明記）。
③用紙サイズはA4以内。使用画材は自由。

[注意]

①カラーイラストの裏に、次の内容を明記して下さい。（小説タイトル、ペンネーム、本名、住所、電話番号、職業、年齢、投稿・受賞歴、返却の要・不要）
②原稿返却希望の方は、切手を貼った返却用封筒を同封して下さい。封筒のない原稿は編集部で処分します。返却は応募から1カ月以内。
③締め切りは特別に定めません。採用の方のみ、編集部から連絡させていただきます。選考結果の電話でのお問い合わせはご遠慮下さい。

[あて先]

〒105-8055 東京都港区芝大門2-2-1
徳間書店 Chara編集部 イラスト募集係